AF307817

Inga Schneider, geb. 1978 in Flensburg, ist eine waschechte „Flensburger Deern". Sie gehört der Dänischen Minderheit in Südschleswig an und lebt zusammen mit ihrem Mann, ihrer Tochter und Katze Lilli in Flensburg. Nach dem Abitur studierte sie zunächst einige Semester Kultur und Sprache in Dänemark und Nordirland, bevor sie ein Volontariat beim privaten Rundfunksender Radio Schleswig-Holstein (R.SH) absolvierte. Heute ist sie als Redakteurin bei der dänischen Tageszeitung *Flensborg Avis* tätig. Sie schreibt Unterhaltungsromane für Frauen, Liebesromane und Cosy-Crimes. Ihre Bücher sind oft vom Leben und den Menschen im Land zwischen den Meeren inspiriert.

Inga Schneider

Bonbons, Whiskey und ein Mord

Earl Grey mit Schuss

Erstausgabe September 2022

Copyright © 2022 dp Verlag, ein Imprint der
dp DIGITAL PUBLISHERS GmbH
Made in Stuttgart with ♥
Alle Rechte vorbehalten

Bonbons, Whiskey und ein Mord

ISBN 978-3-98637-629-1
E-Book-ISBN 978-3-98637-505-8

Covergestaltung: ARTC.ore Design
Unter Verwendung von Abbildungen von shutterstock.com:
© Darryl Brooks, © Suti Stock Photo, © ChockdeePermploysiri
Lektorat: Astrid Pfister
Satz: dp DIGITAL PUBLISHERS GmbH
Druck und Bindung: Books on Demand GmbH, Norderstedt

Für Finn-Erik und Thomas.
Euer Lachen, wenn ihr meinen Geschichten lauscht,
ist unbezahlbar.

PROLOG

»Drei ... zwei ... eins ... Happy New Year!«

In *Robinson's Bars* wurde es laut. Alle fielen sich in die Arme, als aus den Lautsprechern in voller Lautstärke das traditionelle *Auld Lang Syne* ertönte, in das sofort alle Anwesenden mehr oder weniger laut grölend mit einstimmten.

Should auld acquaintance be forgot

and never brought to mind?

Should auld acquaintaince be forgot

and days of auld lang syne?

Fiona grinste über das ganze Gesicht, schlang ihre Arme um Conors Hals und sang aus vollem Herzen mit, während ihr Freund sie lächelnd ansah und die Zeilen des Liedes leise vor sich hinsummte.

»Happy New Year!«, rief sie, nachdem sie das Lied beendet hatte und drückte Conor einen dicken Schmatzer auf den Mund.

»Happy New Year, Babe.« Conor zog Fiona dichter an sich heran und küsste sie leidenschaftlich. »Ich freue mich darauf, ein weiteres, *ganzes* Jahr mit dir zu verbringen«, murmelte er, als er sich von ihr löste.

»Und ich erst.« Fiona lächelte vielsagend und lehnte ihren roten Lockenkopf an seine starken Schultern.

Kurz vor Weihnachten hatte sie in Portrush ihren Koffer gepackt, die Tür zu ihrer Bonbonmanufaktur zugezogen und abgeschlossen und war in ihrem alten Mini nach Belfast gefahren, um die bevorstehenden Weihnachtsfeiertage sowie die restliche Zeit ihrer Betriebsferien, die sie traditionell in den Wintermonaten abhielt, bei ihrem Freund zu verbringen.

Vor einem Dreivierteljahr hatte sie Conor während einer Mordermittlung, die er damals an der Seite seines ehemaligen Kollegen in Portrush geführt hatte, kennengelernt. Seitdem waren die beiden nahezu unzertrennlich, obwohl Conor unter der Woche meist in Belfast wohnte, während sie in Portrush blieb. Doch das sollte sich in diesem Jahr ändern. Zumindest hatten sie sich fest vorgenommen, zusammenzuziehen. Die Frage war nur, ob Conor es tatsächlich schaffen würde, seine Zelte in Belfast abzubrechen und an die nordirische Atlantikküste zu ziehen. Bislang hatte er sich noch nicht klar dazu geäußert, zumal er erst Anfang Dezember zum Detective Chief Inspector befördert worden war.

»Das Jahr ist noch keine Stunde alt, und du grübelst schon wieder?« Conor strich Fiona eine ihrer roten Locken hinters Ohr. »Worüber zerbrichst du dir dein hübsches Köpfchen?«

»Ach, nur über unsere Zukunft.« Sie zwinkerte ihm zu und wippte leicht zum Takt der Musik.

»Das klingt vielversprechend.« Er lachte und versuchte, den Takt zu halten, was ihm jedoch nicht gelang. Conor war ein miserabler Tänzer ohne jegliches Rhythmusgefühl.

»Zu blöd, dass du ab morgen wieder arbeiten musst. Wir hatten eine viel zu kurze Zeit zusammen.« Fiona zog einen Schmollmund, den Conor liebevoll wegküsste.

»Das klingt fast so, als würdest du morgen schon wieder abreisen, dabei bleibst du doch fast den ganzen Januar über bei mir in Belfast. Wir werden also noch jede Menge Zeit miteinander verbringen«, sagte Conor und gab die Versuche auf, sich im Takt der Musik zu bewegen.

»Schon, aber dann ist dein Urlaub vorbei, und außerdem habe ich morgen dieses völlig überzogene Klassentreffen.« Fiona stoppte und rollte übertrieben mit den Augen, um zu unterstreichen, dass sie darauf wirklich keine Lust hatte. »Warum hab ich mich dazu nur von dir überreden lassen?« Sie sah ihn an.

»Weil du weißt, dass ich recht hatte, als ich sagte, dass es bestimmt ein großer Spaß werden wird. Glaub mir. Ich wollte im Herbst auch erst nicht zu meinem Klassentreffen gehen, aber ich habe es nicht bereut. Es war unglaublich spannend, all die Leute von früher wiederzusehen und zu erfahren, was aus ihnen geworden ist.« Conor lächelte aufmunternd und drückte Fionas Hand.

Fiona erwiderte sein Lächeln gequält. Sie teilte seine Ansicht nicht. Wenn sie hätte wissen wollen, was aus den Leuten geworden war, hätte sie bereits all die Jahre über Kontakt zu ihren ehemaligen Schulkameraden gehalten.

Im Gegensatz zu Conor, der eine tolle Schulzeit gehabt hatte, erinnerte sich Fiona nicht gern an ihre Schuljahre zurück. Aufgrund ihrer Krimi-Leidenschaft und ihrer ehrlichen Art, die auch nicht davor Halt gemacht hatte, ihre Schulkameraden beim Rektor anzuschwärzen, wenn diese Blödsinn gebaut hatten, war sie oft eine Art Außenseiterin gewesen und auch als solche behandelt worden.

Sie hatte nicht viele Schulfreundinnen gehabt, mal abgesehen von ihrer Cousine Carrie, die in ihre Parallelklasse gegangen war.

»Außerdem wird Carrie doch auch dabei sein.«

Conors Worte konnten Fiona nur bedingt aufmuntern. Die passionierte Hobbydetektivin war überzeugt davon, dass Carrie ihr damals nur beigestanden hatte, weil die beiden miteinander verwandt waren. Denn Fiona und Carrie waren grundverschieden, und wären sie nicht Cousinen und dadurch gezwungen gewesen, sich irgendwie miteinander zu beschäftigen, hätten sie wahrscheinlich nie miteinander Kontakt gehabt.

Carrie war in vielerlei Hinsicht anders als Fiona. Zwar war auch sie lebhaft und stets auf der Suche nach einem neuen Abenteuer, aber im Gegenteil zu Fiona, war Carrie sehr speziell, was die Wahl ihrer Männer anging, und darin nicht besonders wählerisch. Egal, ob sie groß, klein, dick, dünn oder verheiratet waren – Carries Männerverschleiß war legendär. Zu jedem Familientreffen hatte sie einen neuen Begleiter mitgenommen, sodass es sich kaum gelohnt hatte, sich die Namen ihrer Liebhaber einzuprägen, da sie bei der kommenden Familienfeier wahrscheinlich eh nicht mehr anwesend waren.

Fiona hingegen hatte bislang nur wenige Männerbekanntschaften gehabt. Wenn man es genau nahm, war Conor erst ihr zweiter richtiger Freund, der vor ein paar Monaten eher zufällig in ihr Leben gestolpert war.

Trotzdem konnte sie sich ein Leben ohne ihn gar nicht mehr vorstellen. Ein Grund mehr, dass sie endlich zusammenzogen, fand Fiona und beschloss, Conor diesbezüglich in den kommenden Wochen noch einmal auf den Zahn zu fühlen.

Doch erst mal müsste sie dieses olle Klassentreffen morgen hinter sich bringen. Warum nur hatte sie sich dazu überreden lassen, hinzugehen? Carrie und Conor hatten mit Engelszungen auf sie eingeredet, und es schließlich auch geschafft, sie weichzukochen.

Einen Großteil ihrer Klasse hatte sie seit der Schulzeit nicht mehr gesehen, lediglich vier oder fünf Mädels war sie zwischendurch in Belfast noch mal begegnet. Aber seit sie vor knapp sechs Jahren nach Portrush gezogen war, hatten sie sich endgültig aus den Augen verloren.

»Vielleicht wird es ja doch ganz lustig«, sagte Fiona, wenn auch immer noch nicht ganz überzeugt, doch sie wollte das neue Jahr nicht gleich mit einer Diskussion beginnen.

»Bestimmt.« Conor nahm sie in den Arm und küsste sanft ihre Stirn. »Weißt du eigentlich, wie sehr ich dich liebe?«, flüsterte er.

»Hm«, sagte Fiona und legte ihren Kopf schräg. »Ich bin mir nicht sicher, aber ich könnte mir vorstellen, dass du es schon mal erwähnt hast.« Sie lachte und schmiegte sich an ihn. »So ein, zwei Mal.«

»*Was*? Nicht öfter?«

Fiona schüttelte den Kopf.

»Dann sollte sich das schleunigst ändern, was meinst du?« Er strich ihr über das Haar und vergrub sein Gesicht in ihrer rotbraunen Lockenmähne.

»Ich habe eine bessere Idee«, sagte Fiona, schob sich von ihm weg und grinste ihn an.

»Ach ja?« Er schaute verwirrt in ihre funkelnden Augen.

»Lass uns nach Hause gehen. Taten sagen mehr als Worte. Findest du nicht?« Fiona zwinkerte ihm zu.

Als hätte er nur darauf gewartet, griff Conor nach Fionas Hand und zog sie durch die Menschenmenge in Richtung Ausgang.

»Gehen wir!«, sagte er, doch irgendetwas hielt Fiona plötzlich an ihrer anderen Hand fest. Um sie nicht in zwei Teile zu zerreißen, stoppte Conor abrupt und sah sich um. Fiona hatte sich zu einer vollbusigen Blondine mit ziemlich verschobenem Gesicht umgedreht, die Fionas Hand fest umklammert hielt und kreischend auf und ab hüpfte.

»Fii-iii. Oh mein Gott, oh mein Gott, oh mein Gott«, schrie die blonde Endzwanzigerin Fiona aufgeregt ins Ohr, während Fiona die Frau mit großen Augen ansah und Conors Hand ruckartig losließ.

»Kimberly, wow.« Fiona zwang sich zu einem Lächeln, während sie skeptisch die viel zu hohen Wangenknochen der hüpfenden Frau betrachte. »Happy New Year!«

»Yeees«, antwortete Kimberly und grinste breit. »Dass ich dich ausgerechnet hier treffe, hätte ich nie im Leben gedacht. Oh Gott, Fiona, früher hättest du dir eher eine Hand abgehackt, als einen Fuß ins Robinson's zu setzen. Es sei denn, hier drinnen wäre jemand ermordet worden.« Kimberly lachte laut auf und nickte in die Runde, obwohl niemand der umstehenden Leute Notiz von ihr nahm.

»Zeiten ändern sich.« Fiona sah sich um und entdeckte Conor, der immer noch am Eingang stand, und auf sie zu warten schien. In der Hoffnung, er würde zu ihr kommen und ihr beistehen, winkte sie ihm unauffällig zu. Auch wenn es ihm sichtlich missfiel, tat er ihr den Gefallen und wühlte sich durch die Menge zurück zu ihr.

»Darf ich dir Conor vorstellen? Das ist mein Freund.« Fiona zog Conor zu sich heran, um zu unterstreichen, dass er zu ihr gehörte, denn Kimberlys gieriger Blick war ihr nicht entgangen.

»Sssss … hot!«, machte Kimberly und tat so, als habe sie sich die Hand verbrannt, als Conor sie ihr zur Begrüßung gereicht hatte.

»Hi … und Happy New Year«, sagte Conor höflich, beeilte sich aber, seine Hand aus Kimberlys Fängen zu lösen.

Fiona legte ihm den Arm auf den Rücken und lehnte sich demonstrativ an ihn. Sie wusste, dass vor Kimberly kein Mann sicher war, der nicht bei drei auf den Bäumen saß. Skeptisch betrachtete sie die Blondine, die verdammte Ähnlichkeit mit einer betrunkenen Barbie hatte.

Was war nur aus der einstigen Schulschönheit geworden? Der Lidstrich um die Augen herum war verlaufen, wodurch die Bezeichnung Smokey Eyes eine ganz neue Bedeutung bekam. Ihre Zähne waren so stark gebleicht, dass sie bei genauerer Betrachtung fast durchsichtig wirkten und – *du meine Güte! Was hatte sie mit ihrer Stirn gemacht?* – ihr Gesicht war so heftig gebotoxt, dass man meinen konnte, jemand hatte die Falten mit einer Dampfwalze plattgedrückt. Und ihr

Busen« war so riesig, dass Fiona sich fragte, ob Kimberly ihr Pintglas darauf abstellen konnte. Fiona schüttelte entgeistert den Kopf. Viel war von der Kimberly Mitchell, die mit ihr die Schulbank gedrückt hatte, nicht übrig geblieben.

»Bist du alleine hier?«, fragte Fiona und versuchte, woanders hinzuschauen, als auf Kimberlys auf und ab wippende Brüste.

»Natürlich nicht, Fi«, sagte Kimberly und drehte sich um, nur um dann aus voller Kehle heraus erneut zu kreischen zu beginnen: »Coodiiie!«

Während sie rief, zeigte sie unaufhörlich auf Fiona, die am liebsten im Erdboden versunken wäre.

Codie, Kimberlys Ehemann, leerte sein Guinness in einem Zug und stellte das Glas auf den Bartresen, an den er sich klammerte. Dann kam der einstige Mädchenschwarm der Schule schwankend auf sie zu.

»Happyyyy ew lear«, lallte Codie und legte seinen Arm um Kimberly, wobei er seine Hand ganz bewusst auf ihrer rechten Brust zu platzieren schien, während er breit grinste. »Fitzgerald, was treibt dich denn in die Großstadt?« Seine Augen musterten Fiona auf eine Weise, die ihr einen unangenehmen Schauer über den Rücken jagte, und sie postwendend in die Schulzeit zurückkatapultierte. Anders als der Großteil der Mädchen auf ihrer Schule, war Fiona noch nie ein Fan von Codie Madison gewesen. Er war ihr schon immer viel zu aufgeblasen und schmierig gewesen. Ein Eindruck, der sich auch jetzt, Jahre später, nicht geändert hatte. »Wie ich sehe, hast du dich ganz gut entwickelt.«

»Hi«, sagte Fiona und sparte sich den höflichen Neujahrsgruß. Sie war viel zu beschäftigt damit, den

Reißverschluss ihrer Jacke zu schließen, damit Codie endlich damit aufhörte, ihr in den Ausschnitt zu starren.

»Conor Brennan.« Conors Hand schnellte hervor, als könne er es kaum erwarten, Belfasts prominentestem Schönheitschirurgen die Hand zu schütteln. Doch in Wirklichkeit war es nicht mehr als ein Ablenkungsmanöver von ihm, wie Fiona erleichtert feststellte. »Fionas Freund.«

»Hi. Codie Madison«, sagte er knapp und begann nun, Conor von oben bis unten zu mustern. »Haben Sie mal darüber nachgedacht, ihre kleine Zornesfalte dort oben auf der Stirn wegmachen zu lassen?«

» *Was?*« Irritiert wanderte Conors Blick zwischen den Anwesenden umher, während er mit seinem Zeigefinger über die Haut zwischen seinen Augenbrauen strich.

»Nein, hat er nicht. Wir müssen jetzt auch gehen. Kimberly. Codie. Wir sehen uns ja bestimmt morgen Abend auf dem Klassentreffen.« Fiona ergriff Conors Hand, wirbelte herum und ging mit ihm in Richtung Ausgang. Was fiel Codie nur ein, an Conors Aussehen herumzumäkeln? Es wurde Zeit, dass sie gingen. Überall war es besser als in der Gesellschaft von Codie Madison.

KAPITEL 1

»Mausetot, würde ich sagen.«

Detective Chief Inspector Conor Brennan stand im Wohnzimmer der Madison-Villa nahe des Queen's Quarters in Belfast und betrachtete die Frau vor sich. Er kannte die Blondine mit den aufgespritzten Lippen, wenn auch nur flüchtig. Erst vor ein paar Tagen war er ihr bei der Silvester Party in *Robinson's Bars* begegnet.

»Können Sie schon sagen, woran sie gestorben ist, Stuart?« Conor beugte sich über die Leiche und versuchte, Anzeichen von Fremdeinwirkung auf der Haut der Frau zu finden.

»Schwer zu sagen.« Stuart Pearson stand auf und kratzte sich am Hinterkopf. »Ich muss sie zuerst auf dem Tisch haben.«

»In Ordnung«, sagte Conor, drehte sich um und sah zum Sofa herüber, auf dem eine Frau mit rotgelockten Haaren zusammengekauert unter einer Decke saß. Er seufzte leise und machte ein paar Schritte auf die Couch zu. »Fiona?«, flüsterte Conor. Als er seiner Freundin die Hand auf die Schulter legte, zuckte sie zusammen.

»Ich kann einfach nicht glauben, dass sie tot ist.« Fiona hob den Blick. Ihre Augen waren glasig und gerötet. Seit Conor in der Villa eingetroffen war, hatte sie nicht aufgehört zu weinen. »Ich meine, wir waren doch verabredet. U-und jetzt ...«, stotterte sie und fuhr sich mit der Hand über das Gesicht, um sich die Tränen von der Wange zu wischen.

»Fi, was ist denn passiert?« Er setzte sich neben sie auf die Couch und strich ihr behutsam über das Haar. Es war nicht der erste Mordfall, bei dem Fiona und er miteinander zu tun hatten. Doch es war das erste Mal, dass Fiona als bislang einzige Zeugin fungierte. Soweit er sie vorhin am Telefon richtig verstanden hatte, war Kimberly Madison in sich zusammengesunken, kurz nachdem Fiona den Raum betreten hatte.

Conor wusste, dass Fiona eine gute Beobachterin war und dass ihr nur selten ein Detail entging. Trotzdem fragte er sich, an wie viel sie sich erinnern konnte, jetzt, wo sie ganz offensichtlich unter Schock stand.

»Wir waren zum Tee verabredet. Carrie, Kimberly und ich«, begann Fiona zu erzählen. Sie hatte die Augen geschlossen, als versuche sie, sich krampfhaft an jedes noch so kleine Detail zu erinnern.

»Carrie? Wo ist deine Cousine?« Conor sah sich um, konnte im Wohnzimmer aber niemanden außer Stuart Pearson und weitere Mitarbeiter der Spurensicherung sowie zwei Mitarbeiter des Bestattungsunternehmens entdecken.

»Ich weiß es nicht.«

»Wie? Du weißt es nicht?«, bohrte Conor forscher nach, als er es vorgehabt hatte.

»Sie war nicht hier. Wir hatten abgemacht, dass wir uns vor dem Eingang treffen, aber sie war nicht da. Deshalb bin ich allein ins Haus gegangen«, antwortete Fiona und schnäuzte in ihr Taschentuch.

»Du hast sie also hier nicht gesehen?«, fragte Conor und machte sich Notizen.

Fiona schüttelte den Kopf. »Nein, es war niemand hier. Die Tür war leicht geöffnet, und als auf mein Rufen hin niemand reagiert hat, bin ich ins Haus gegangen. Ich habe gesehen, wie Kimberly im Wohnzimmer panisch auf und ab ging und kurz darauf ist sie auch schon in sich zusammengesackt.« Sie wischte sich mit dem Taschentuch über die Augen, sodass ihre Wimperntusche verlief und sich schwarze Ränder auf ihrer Haut bildeten. »Meinst du, sie hatte einen Herzinfarkt?«

»Wir müssen im Moment alle Möglichkeiten in Erwägung ziehen, doch ich würde derzeit davon ausgehen, dass mit dem Tee etwas nicht gestimmt hat.« Stuart kam mit einer Tasse, an der pinkfarbener Lippenstift klebte, zu Conor und ließ ihn an der hellbraunen Flüssigkeit schnuppern, woraufhin der DCI das Gesicht verzog.

»Gift?«

»Das werden wir herausfinden.« Zusammen mit den restlichen Keksen, packte Stuart die Tasse vorsichtig ein. »Wir werden dann mal aufbrechen.« Er winkte kurz zum Abschied, warf Fiona einen mitleidigen Blick zu und folgte den beiden Bestattern zur Haustür. »Ich rufe Sie an, sobald die Ergebnisse da sind.«

Conor nickte seinem Kollegen zu und kümmerte sich wieder um Fiona.

»Das kann doch alles nicht wahr sein«, murmelte sie kaum hörbar und fasste sich mit der Hand an die Stirn.

»Geht's dir gut? Brauchst du einen Arzt?« Conor sah sie besorgt an, doch Fiona winkte ab.

»Nein, in meinem Kopf schwirren nur gerade Tausende Gedanken herum. Was wird Codie nur dazu sagen?«

»Zerbrich dir darüber jetzt nicht den Kopf.«

»Habt ihr ihn schon erreicht?«

»Nein.« Auf Conors Stirn bildeten sich tiefe Sorgenfalten. Ein Ehemann, der nach dem Tod seiner Frau nicht zu erreichen war, war meist kein gutes Zeichen. Doch er wollte Fiona nicht noch mehr beunruhigen.

»Codie Madison hat die Praxis heute Mittag verlassen und ist seitdem nirgends wieder aufgetaucht. Angeblich sollte er beim Golfspielen sein, aber dort haben wir ihn nicht angetroffen.« Ein Mann um die Vierzig betrat das Wohnzimmer. Seine rotbraunen Haare leuchteten im Licht der Wohnzimmerlampe.

Fiona sah auf. Sie hatte den Mann zuvor noch nie gesehen. Er war größer als Conor, hatte breite Schultern und eine, im Verhältnis dazu, schlanke Taille.

»Und sein Handy?« Conor stand auf und ging auf den Fremden zu.

»Ausgeschaltet. Wenn das mal nicht verdächtig ist«, sagte der Rothaarige mit den Sommersprossen im Gesicht, reichte Conor die Hand und stellte sich vor. »DI Kevin Peterson, Sir.«

»DCI Conor Brennan. Schön, Sie endlich persönlich kennenzulernen. Auch wenn die Umstände besser sein könnten. Aber wie ich sehe und höre, machen Sie bereits Ihren Job.« Conor wirkte zufrieden, als er sich zu Fiona umdrehte. »Darf ich Ihnen meine Freundin vorstellen?«

Es musste skurril auf Detective Inspector Peterson wirken, dass sein neuer Boss ihm ausgerechnet an einem Tatort seine Freundin vorstellte, denn er stutzte kurz, als Conor auf das Häufchen Elend auf dem Sofa zeigte.

»Fiona Fitzgerald. Sie war anwesend, als Mrs Madison gestorben ist, und hat mich daraufhin sofort verständigt«, erklärte Conor, als er die Skepsis seines Kollegen bemerkte.

»Sie sind also eine Zeugin des Todes?« Kevin Peterson wischte sich seine rechte Hand an der Hose ab und reichte sie Fiona.

»Leider«, antwortete sie und seufzte einmal mehr.

»In welcher Beziehung standen Sie zu der Toten?« Kevin Peterson stemmte die Hände in die Hüften und sah sich im Wohnzimmer um, als wolle er Fiona das Gefühl geben, er wäre nicht allein auf sie aus.

»In welcher Be...?« Fiona schaute zu Conor hinüber, der sie aufmunternd anlächelte. »Wir sind zusammen zur Schule gegangen.«

»Sie waren also befreundet?«, hakte Kevin nach.

»Als Freundinnen würde ich uns nicht gerade bezeichnen.« Fiona schüttelte den Kopf, als sei es die absurdeste Idee der Welt, dass Kimberly und sie echte Freundinnen gewesen waren.

»Was haben Sie dann hier gemacht?« DI Peterson setzte sich in einen Sessel und verschränkte die Arme vor der Brust.

»Wir waren zum Tee verabredet.«

»Sie waren mit jemandem zum Tee verabredet, den Sie ganz offensichtlich nicht als Ihre Freundin bezeichnen würden?« Peterson runzelte die Stirn. *Worauf wollte er hinaus?*

»Wir haben uns gestern Abend auf einem Klassentreffen wiedergesehen und sind ins Gespräch gekommen. Kimberly hat meine Cousine Carrie und mich daraufhin für heute Nachmittag zum Tee eingeladen.«

»Und wo ist Ihre Cousine jetzt?«

»Ich habe keine Ahnung. Sie ist nicht zu dem Treffen erschienen. Aber das habe ich bereits alles DCI Brennan erzählt.« Fiona sah erneut zu Conor hinüber, der das Gespräch der beiden interessiert mitverfolgt hatte.

»Haben Sie versucht, Ihre Cousine anzurufen?«

»Natürlich habe ich das. Allerdings geht sie nicht an ihr Handy.« Als wolle sie das improvisierte Verhör beenden, streifte sich Fiona die Decke von der Schulter, faltete sie sorgfältig zusammen und setzte sich aufrecht hin.

»Ich denke, das reicht für heute. Fiona sollte sich erst einmal von dem Schock erholen, den sie erlitten hat. Und wir sollten uns darum kümmern, Codie Madison ausfindig zu machen. Schließlich sollte er erfahren, dass seine Frau tot ist.« Conor half Fiona auf die Beine. Sie schwankte leicht, als er beschützend den Arm um sie legte und sie hinausbegleitete.

»Falls er es nicht schon längst weiß«, murmelte DI Kevin Peterson und folgte den beiden.

*****

Conor saß an seinem Schreibtisch und dachte nach. Er hatte seinen Kopf auf seine Hände gestützt und die Augen geschlossen. Dass er Fiona ausgerechnet heute Abend allein lassen musste, missfiel ihm ebenso wie die Tatsache, dass sein neuer Kollege Peterson sie vorhin in der Madison-Villa so ausführlich befragt hatte. Natürlich wusste er, dass Fiona rein theoretisch nicht nur als Zeugin fungierte, sondern automatisch zum Kreis der Verdächtigen zählte, da sie die einzige Person war, die anwesend gewesen war, als Kimberly Madison das Zeitliche gesegnet hatte. Doch der Gedanke daran, dass sie etwas mit dem Mord, wenn es denn tatsächlich einer war, zu tun gehabt haben könnte, war für ihn nicht nur ausgeschlossen, sondern vollkommen absurd.

Es war von Peterson nicht nötig gewesen, Fiona derartig zu befragen. Conor hätte einschreiten können, vielleicht sogar müssen, aber er wollte sich auf keinen Fall den Vorwurf gefallen lassen, dass er die Zeugin schonte, nur weil er mit ihr das Bett teilte. Er konnte froh sein, wenn sie ihm den Fall nicht ohnehin aufgrund von Befangenheit entziehen würden. Wahrscheinlich würde er allein deshalb Kevin Peterson einen Großteil der Befragungen, die mit Fiona zusammenhingen, übernehmen lassen, während er sich um Madison kümmerte.

Nachdem Conor Fiona in seiner Wohnung abgesetzt hatte, war er zurück aufs Revier gefahren und hatte sogleich damit begonnen, Codie Madison ausfindig zu machen. Immerhin war er einer der bekanntesten Schönheitschirurgen des Landes. Er konnte nicht einfach so verschwunden sein.

»Wir haben ihn!« Ohne anzuklopfen, stürmte Kevin Peterson in Conors Büro. »Er ist den Nachmittag über in Holywood gewesen und befindet sich jetzt auf dem Weg nach Hause.«

Conor hob den Kopf und seufzte. Er hasste es, wenn Kollegen einfach so in sein Büro stürmten. Doch noch mehr hasste er es, seinen Kollegen zurechtzuweisen. Auch wenn ihm als neuer DCI wohl nichts anderes übrig bleiben würde.

»Würden Sie das nächste Mal bitte anklopfen?«, meinte Conor und versuchte, so freundlich wie möglich zu klingen.

»Oh, klar. Sorry, Sir!« Kevin Peterson errötete und fuhr sich verlegen durch das gelockte Haar. »Ich war nur so euphorisch.«

»Schon gut. Fahren wir also noch mal zurück zur Madison-Villa!« Conor wollte gerade aufstehen, als Peterson ihn zurückhielt.

»Nicht nötig, Codie Madison ist auf dem Weg zu uns. Ich hoffe, es war okay, dass ich ihn aufs Revier bestellt habe?« Kevin Peterson schaute unsicher zu seinem Boss, doch Conor nickte.

»Sehr gut. Danke.«

KAPITEL 2

Fiona lag auf dem Sofa in Conors kleiner Dreizimmerwohnung und starrte auf den Fernseher. Seit Conor sie vor ein paar Stunden hier abgesetzt hatte, war ihr abwechselnd heiß und kalt gewesen. Wenn sie es nicht besser wüsste, würde sie meinen, dass sie eine Grippe bekam. Doch sie wusste, dass die Schauer, die ihr in Lichtgeschwindigkeit über den Rücken jagten, allein der Tatsache geschuldet waren, dass sie wieder einmal einen Menschen hatte sterben sehen müssen. Dabei war es noch nicht einmal ein Jahr her, dass Shannon O'Brien auf der Main Street unmittelbar vor ihrer Bonbonkocherei in Portrush getötet worden war.

Fiona schloss die Augen und versuchte, diesem schrecklichen Ereignis nicht die Chance zu geben, sich wieder in ihr Gedächtnis zu drängen. Doch es gelang ihr nur mäßig. Unaufhörlich kreisten ihre Gedanken um Kimberly und den Tod im Allgemeinen.

Schon als sie ins Wohnzimmer gekommen war, hatte Fiona bemerkt, dass etwas nicht stimmte. Obwohl draußen leichte Minusgrade herrschten, war Kimberly schweißgebadet gewesen. Sie war außerdem ungewöhnlich blass um die Nase herum gewesen, doch Fiona hatte es zunächst nur darauf geschoben, dass Kimberly am Abend zuvor deutlich einen über den Durst getrunken hatte und vermutlich fürchterlich verkatert gewesen war.

Carrie und Fiona hatten ihr am Vorabend ein Taxi bestellt, und sie schließlich vom Klassentreffen bis nach Hause begleitet, um auf Nummer sicherzugehen, dass sie auch wirklich bei sich im Bett landete.

Das Klassentreffen hatte sich genau so entwickelt, wie Fiona es bereits von vornherein befürchtet hatte. Es war der reinste Horror gewesen. Ein Schaulaufen derjenigen, die es liebten im Mittelpunkt zu stehen, so wie Kimberly und Codie Madison. Sie hatten sich alle Mühe gegeben, das Vorzeigepaar zu sein, für das sie alle seit der Schulzeit gehalten hatten. Doch je später der Abend geworden und je mehr Alkohol geflossen war, desto schwerer war es den beiden gefallen, die prunkvolle Fassade aufrechtzuerhalten.

Codie hatte es genossen, dass die Frauen ihm bewundernde Blicke zugeworfen, sich gerne an ihn geschmiegt und Selfies mit ihm gemacht hatten. Kimberly war dies jedoch ein Dorn im Auge gewesen. Sie hatte nie einen Hehl daraus gemacht, dass sie alles andere als die gehörnte Ehefrau sein wollte. Doch Codie war bekannt dafür, dass er nur allzu gerne jedem Rock nachstieg, der nicht bei drei auf den Bäumen war. Diesbezüglich war sein Ruf legendär und hatte sich seit der Schulzeit offenbar nicht geändert.

Und so war es gekommen, wie es vielleicht hatte kommen müssen: Mitten auf der Tanzfläche hatte Kimberly ihrem Ehemann kurz vor Mitternacht eine schallende Ohrfeige gegeben, als dieser seinen Kopf in den Haaren von Nelly O'Grey, der ehemaligen Schulsprecherin, vergraben hatte. Natürlich hatte Codie sich das nicht bieten lassen und war seinerseits auf Kimberly losgegangen.

»Was stimmt denn nicht mit dir?«, hatte er sie angeschrien und so sehr getobt, dass ihn zwei Männer festhalten mussten. »Du schlägst deinen Ehemann hier in aller Öffentlichkeit? Was meinst du, was passiert, wenn die Presse davon Wind bekommt?«

Kimberly hatte daraufhin irgendetwas gelallt, von wegen selbst Schuld, und hatte sich dabei gerade noch aufrecht halten können. Schließlich hatten Fiona und Carrie sich ihrer erbarmt, sich bei ihr eingehakt und sie nach Hause verfrachtet.

»Die Ehe zwischen Codie und mir ist eh schon längst vorbei«, hatte Kimberly auf dem Weg nach Hause unaufhörlich gejammert.

Es war einer der wenigen zusammenhängenden Sätze gewesen, die Kimberly, neben der Einladung zum Tee am folgenden Nachmittag, noch herausgebracht hatte.

Fiona setzte sich auf. Konnte es sein, dass Codie bei Kimberlys Tod seine Finger im Spiel gehabt hatte?

Nein, das wäre zu naheliegend und banal gewesen, dachte Fiona und konzentrierte sich wieder darauf, die Erinnerung an die sterbende Kimberly aus ihrem Kopf zu bekommen. Trotzdem erschauderte sie bei dem Gedanken daran.

Kimberly war nicht einfach eingeschlafen oder plötzlich tot umgefallen, sondern hatte hektisch geatmet, während sie mit panisch aufgerissenen Augen im Wohnzimmer herumgelaufen war und sich ständig an die Brust gefasst hatte.

Schon da war Fiona klar gewesen, dass es kein gutes Ende mit Kimberly nehmen würde. Daher hatte sie auch nicht gezögert, den Rettungswagen zu verständigen. Außerdem hatte sie direkt Conor angerufen, und ihn gebeten zu kommen. Doch als er einige Minuten später in der Madison-Villa eingetroffen war, hatte Kimberly bereits das Zeitliche gesegnet.

Fiona horchte auf. Sie hörte, wie sich die Wohnungstür öffnete, und vernahm kurz darauf leise Schritte im Flur. Ein paar Sekunden später erschien Conor im Wohnzimmer und schaute sie verdutzt an.

»Du bist noch wach?«, fragte er und warf einen flüchtigen Blick auf die Uhr. Es war kurz nach elf.

»Ich kann nicht schlafen«, sagte Fiona, zog die Knie an und legte ihren Kopf darauf.

»Das kann ich verstehen.« Conor löste seinen Schlips und öffnete die oberen Knöpfe seines Hemdes, so wie er es immer tat, wenn er spät abends von der Arbeit kam. Er verschwand in der Küche und kehrte wenig später mit zwei Gläsern und einer Flasche Rotwein zurück. Ohne ein Wort zu sagen, schenkte er ein und reichte Fiona eines der Weingläser. »War ja auch ein harter Tag.«

Fiona nickte und nippte an ihrem Rotwein. Sofort spürte sie, wie sich in ihrem Bauch eine angenehme Wärme ausbreitete. Sie legte ihren Kopf an Conors Schulter und schloss die Augen.

»Habt ihr Codie gefunden?«

Conor nickte. »Ja, er war in Holywood und auf dem Weg nach Hause, als wir ihn endlich telefonisch erreicht haben. Hat wohl doch Golf gespielt, denn sein Alibi scheint wasserdicht zu sein.« Conor drehte den langen, dünnen Stiel des Weinglases in seiner Hand, als würde er über etwas nachdenken.

»Wie hat er reagiert, als er von Kimberlys Tod erfahren hat?« Fiona betrachtete ihren Freund im warmen

Kerzenschein. Er hatte sich seit Tagen nicht rasiert, sodass um sein Kinn herum ein kleiner Bart gewachsen war, der das Stadium eines Dreitagebarts längst verlassen hatte. Sie wusste noch nicht, was sie davon halten sollte, denn er sah auf einmal so anders, und beinahe männlicher und wilder aus. Irgendwie gefiel ihr das.

»Kurz dachte ich, er wäre geschockt, doch dazu hatte er sich, meiner Meinung nach, zu schnell wieder gefangen. Er schien eher überrascht zu sein.« Conor stellte das Glas beiseite und wischte sich mit der Hand über die Augen.

»Kimberly sagte, dass die Ehe der beiden schon seit längerer Zeit nur noch auf dem Papier bestanden hat.« Fiona hob ihre Hand und legte sie Conor sanft auf die Schulter. Die Strapazen des Tages waren auch ihm deutlich anzusehen.

»Wusstest du, dass sie herzkrank war?«

»Wer? Kimberly?«

Wieder nickte Conor.

»Nein, woher auch? Wir haben uns schließlich jahrelang nicht gesehen.«

»Laut ihrem Mann litt sie an Herzrhythmusstörungen und bekam dagegen auch schon seit ein paar Jahren Medikamente.«

»Könnte das eine mögliche Todesursache sein? Ich meine, dass sie tatsächlich einen Herzinfarkt hatte?« Fiona runzelte die Stirn. Sie musste zugeben, dass sie gar nicht genau wusste, wie sich ein Herzinfarkt bemerkbar machte. Doch es konnte durchaus sein, dass Kimberly kurz vor ihrem Zusammenbruch starkes Herzrasen gehabt hatte. Das würde zumindest ihre hektische Atmung und ihr übermäßiges Schwitzen erklären.

»Wir müssen die Ergebnisse der KU abwarten, alles andere wäre reine Spekulation, und aus meiner Erfahrung sind wir noch nie gut damit gefahren, wenn wir uns darauf verlassen haben.« Er lehnte sich zurück und zog Fiona in seine kräftigen Arme.

»Wir?« Sie spürte die vertraute Wärme, die von ihm ausging und sah zu ihm auf.

»Na, immerhin ist das nicht der erste Mordfall, in dem wir als Team zusammenarbeiten, oder?« Er zwinkerte ihr zu und stupste zärtlich gegen ihre Nasenspitze, dass es sie kitzelte.

»Ich kann nicht glauben, dass du uns als Team bezeichnest. Ich meine, es ist noch nicht lange her, da hast du alles versucht, um deinen Job aus meinem Leben herauszuhalten.« Fiona setzte sich hin und sah ihn an. »Woher der Sinneswandel?«

Conor lächelte und nahm ihr Gesicht zwischen seine Hände. »Weil ich verstanden habe, dass ich dich von einem Fall, der dich interessiert, sowieso nicht fernhalten kann. Ich kann noch so viel Kraft dazu aufwenden, … es gelingt mir einfach nicht, da du hinter meinem Rücken doch nur dein Ding durchziehst.« Er legte seine Stirn gegen Fionas und sah ihr tief in die Augen. »Also habe ich beschlossen, dich mit ins Boot zu holen. Vielleicht gelingt es mir ja so, dich besser unter Kontrolle zu haben.«

»Unter Kontrolle zu haben?« Fiona hob ihre Augenbrauen.

»Ich möchte dich lieber an meiner Seite wissen, wenn du deine hübsche Spürnase in meine Fälle steckst. Denn wenn ich ein Auge auf dich habe, passiert dir hoffentlich nichts«, erklärte er und küsste sie.

Fiona lächelte zufrieden. »Danke.«

***

Der Anruf aus der KU kam am nächsten Morgen schneller als erwartet. Conors Telefon klingelte bereits vor dem Frühstück, auf das sich Fiona nach dem aufregenden gestrigen Tag ganz besonders gefreut hatte. Sie kam gerade aus dem Badezimmer, als Conor ans Telefon ging und wie angewurzelt zwischen Herd und Küchentisch stehen blieb.

»Also, das Herz, meinst du?«, fragte er und reichte Fiona den Kochlöffel, damit sie sich um das Rührei und die Pancakes kümmern konnte. »*Was*? Und wie?«

Fiona verstand nicht alles, was Stuart Pearson ihrem Freund durchs Telefon erklärte, dennoch konnte sie erste Schlüsse aus dem ziehen, was Conor antwortete und fragte.

Nach weiteren fünf Minuten legte Conor auf und schüttelte fassungslos den Kopf.

»Keine guten Neuigkeiten?« Fiona hob eine Augenbraue und sah zu Conor hinüber, der immer noch schräg hinter ihr stand.

»Wie man es nimmt. Wir wissen jetzt, woran Kimberly gestorben ist«, sagte er und stellte sich hinter Fiona an den Herd. Er schlang seinen Arm um ihre Taille und vergrub sein Gesicht in ihren roten Haaren.

»Und?« Fiona stoppte und legte den Kochlöffel beiseite. Sie nahm die Pancakes aus der Pfanne, legte sie auf einen Teller und schaltete den Herd aus.

»Es war tatsächlich ihr Herz. Sie hatte wohl eine Art Kammerflimmern, was letztlich zu ihrem Tod geführt hat.« Conors Stimme war ruhig und abgeklärt.

30

»Also doch ein natürlicher Tod?« Fiona lehnte sich an ihn und genoss seine Nähe. Wenn Conor bei ihr in Portrush war, kamen sie viel zu selten in den Genuss eines gemeinsamen Frühstücks. Doch seit sie bei ihm Urlaub in Belfast machte, war es ein lieb gewonnenes Ritual geworden, die erste Mahlzeit des Tages zusammen einzunehmen.

»Nein. Stuart meint, es gibt einige Punkte, die dagegensprechen. Unter anderem hatte sie eine viel zu hohe Kaliumkonzentration im Blut.«

»Kalium? Ich wusste gar nicht, dass man davon zu viel haben kann, sondern dachte eher, dass das Herz es braucht, um gut zu funktionieren.« Fiona verteilte Rührei und Speck auf die Teller.

»Schon, aber überdosiert kann das Elektrolyt eben Herzrhythmusstörungen auslösen.«

»Du meinst also, sie ist durch eine Überdosis Kalium gestorben?« Für Fiona sprach Conor in Rätseln. An ihr war wirklich keine Medizinerin verloren gegangen.

»Stuart ist sich nicht sicher und muss noch weitere Untersuchungen vornehmen. Der Kaliumspiegel im Körper steigt nach dem Tod automatisch an, daher ist es sehr schwierig, ein Tötungsdelikt durch Kalium zu entdecken.« Conor nahm die beiden Teller von der Küchenzeile und setzte sich an den Tisch. Fiona folgte ihm mit zwei großen Bechern Kaffee.

»Dann muss sich derjenige, der Kimberly töten wollte, mit Medizin ausgekannt haben, oder?«

»Vieles spricht zumindest dafür.« Conor nahm einen großen Schluck Kaffee, und begann zu frühstücken.

Eine Weile sagten sie nichts und jeder hing seinen eigenen Gedanken nach.

»Codie kennt sich mit Medizin aus«, durchbrach Fiona schließlich die Stille.

»Besser wäre es, angesichts der Tatsache, dass er plastischer Chirurg ist.« Conor lachte, wurde aber schnell wieder ernst. »Ich denke trotzdem nicht, dass er es war. Ich meine, was für ein Motiv hätte er – außer, dass er sie wegen einer möglichen Geliebten hätte loswerden wollen?«

»Das würde aber keinen Sinn ergeben. *Er* hat die ganze Kohle verdient. Er ist der Star. Soweit ich mich erinnern kann, hat Kimberly nie wirklich gearbeitet. Ihre Aufgabe war es, ihm den Rücken freizuhalten, Partys zu organisieren und das hübsche Anhängsel an seiner Seite zu sein.«

»Das klingt aber fies.«

»Mag sein, aber etwas anderes ist sie leider nie gewesen. Außer vielleicht noch sein Versuchskaninchen. Es ist erschreckend, was Codie aus seiner einst so hübschen Frau im Laufe der Jahre gemacht hat. Ich hätte sie Silvester im Pub kaum wiedererkannt.« Fiona nippte nachdenklich an ihrem Kaffee.

»Du meinst, sie war nicht immer so ausladend gebaut?« Conor gab sich alle Mühe, konnte sich ein Schmunzeln aber nicht ganz verkneifen.

»Also, weißt du!« Fiona haute ihm spielerisch mit der Serviette auf den Arm.

»Autsch!«

»Geschieht dir ganz recht«, sagte Fiona und grinste.

»Ich weiß nicht, was du meinst.« Conor nahm einen großen Bissen von seinem Pancake und sah auf die Uhr. »Ich muss los«, sagte er, trank seinen Kaffee aus und stand auf.

»Wohin denn?« Fiona sah ihn verdutzt an. Sie hasste es, wenn er so plötzlich vom Esstisch aufsprang.

»Zu Codie Madison. Ich habe um neun Uhr einen Termin mit ihm.«

»Ich komme mit.« Fiona stand ebenfalls auf und wischte sich ihre Hände am Handtuch ab, das neben der Spüle lag.

»Fiona, ich werde eine offizielle Befragung durchführen, da kannst du nicht mit dabei sein. Wie soll ich Kevin Peterson erklären, dass du dabei bist?« Conor seufzte.

»Tja, das ist dein Problem. Du hast gesagt, wir sind ab sofort ein Team. Schon vergessen?« Ihre tiefgrünen Augen funkelten ihn herausfordernd an.

»Du schaffst mich echt, Fi.« Conor lächelte und rieb sich verlegen den Nacken.

»Aber das hast du doch schon von Anfang an gewusst, oder?« Fiona zwinkerte Conor zu und ging an ihm vorbei aus der Küche.

KAPITEL 3

Die Madison-Villa in Broomhill Park lag ein wenig abseits der Straße, sodass man als neugieriger Spaziergänger kaum einen Blick darauf werfen konnte. Das Haus war zweifellos das größte in der Gegend – natürlich. Codie Madison würde sich mit nichts anderem zufriedengeben.

Allein das Grundstück war riesig und vollends von einem schwarzen Eisenzaun umgeben, dessen goldene Spitzen in der kalten Januarsonne glitzerten. Entlang des Zaunes verdeckten große Rhododendren das weiß getünchte Backsteinhaus, dessen Vorderseite teilweise mit dichtem Efeu bewachsen war.

Als Conor und Fiona durch die von Rotbuchen gesäumte Allee fuhren, hatte sich vor dem Anwesen des Schönheitschirurgen bereits eine Menschenmenge versammelt. Als sie näherkamen, sahen sie, dass es sich um Klatschreporter handelte, die offenbar auf ein gutes Foto des trauernden Witwers hofften.

Conor lenkte den Wagen vor das verschlossene Tor, vor dem Kevin Peterson bereits wartete und ungeduldig von einem auf das andere Bein trat.

»Peterson, steigen Sie ein!«

DI Peterson nickte und setzte sich auf die Rückbank, während Conor den Klingelknopf betätigte. Kurz darauf öffnete sich das schwere Eisentor und gab den Weg auf das Grundstück frei. Im Schritttempo fuhren sie die Auffahrt hoch und kamen schließlich in der Nähe des Eingangs zum Stehen.

»Was machen *Sie* denn hier?« Kevin Peterson musterte Fiona, als sie aus dem Auto stieg. War sie so unscheinbar, dass sie ihm etwa erst jetzt aufgefallen war?

»Fiona und Codie Madison kennen sich seit der Schulzeit. Ich dachte, es wäre eine gute Idee, wenn wir sie mitnehmen, falls wir bei Madison weiter auf Granit stoßen. Gestern war er ja nicht gerade sehr redselig«, meinte Conor und ging voraus.

Kevin Peterson zuckte mit den Schultern und sagte nichts weiter, offensichtlich wollte er seinem neuen Boss nicht widersprechen. Er folgte Conor ebenso wie Fiona, deren Augen aufmerksam umherwanderten.

Der Garten war wirklich hübsch angelegt, auch wenn jetzt im Januar noch alles recht trostlos wirkte. In der Mitte des Vorgartens befand sich ein kleiner Springbrunnen, aus edlem weißen Marmor, der ebenso gut in einem englischen Park hätte stehen können. Hohe Eichen und Buchen säumten das Anwesen und bildeten zusätzlich zu diversen Büschen und Sträuchern einen idealen Sichtschutz, selbst jetzt im Winter. Man konnte sich nur ausmalen, wie hübsch es hier aussehen würde, wenn alles blühte.

Fiona drehte sich um und eilte zur Eingangstür, wo Conor und Kevin bereits darauf warteten, dass sie jemand hereinließ. Sie hüpfte die weiß-grauen Stufen des Eingangsportals hinauf und stellte sich hinter Conor, der sich kurz zu ihr umdrehte und sie anlächelte. *Gott, wie sie sein Lächeln liebte.*

Es dauerte eine Weile, bis sich hinter der schweren, schwarzlackierten Eichentür etwas tat. Zuerst vernahmen sie Schritte, dann schob sich der Vorhang am Seitenfenster ein wenig zur Seite, und erst als Conor energisch den massiven, gusseisernen Türklopfer betätigte, öffnete sich die Tür langsam, wenn auch nur einen Spaltbreit.

»Sie wünschen?«

Fiona vernahm die liebliche Stimme einer Frau, die sich hinter der Tür versteckte.

»DCI Conor Brennan, Ma'am. Das sind mein Kollege DI Kevin Peterson und Fiona Fitzgerald, eine Freundin von Kimberly Madison«, stellte Conor das Trio vor, während Kevin Peterson sich nervös umsah. *Warum tat er das?*

Fiona folgte seinem Blick, der unaufhörlich von links nach rechts wanderte, als befürchtete er, Codie Madison könnte sich durch eines der Fenster im Untergeschoss aus dem Staub machen. Was für eine absurde Idee.

»Ich bin mir nicht sicher. Wir sind in Trauer«, antwortete die Frau und schob vorsichtig die Tür auf. »Ich weiß nicht, ob das dem Hausherrn so recht ist.«

»Ist Mr Madison zu sprechen?« Conor reckte den Hals, als versuche er, im Dunkeln hinter der Frau etwas zu erkennen.

»Mr Madison trauert. Er hat sich auf sein Zimmer zurückgezogen und gesagt, dass er nicht gestört werden möchte. Ich bin mir nicht sicher ...«, wiederholte die Frau und machte weiterhin keine Anstalten, die Tür komplett zu öffnen.

»Hören Sie, Ma'am, wir wissen, dass Mrs Madison tot ist, und wir ermitteln in diesem Fall. Sie haben jetzt zwei Möglichkeiten: Entweder Sie gewähren uns Einlass, damit wir uns mit dem Hausherrn unterhalten können, oder wir werden hier im Vorgarten eine improvisierte Pressekonferenz abhalten. Ich denke, die Journalisten da vorne würde brennend interessieren, wie weit wir mit unseren Ermittlungen sind.« Conors Stimme klang ruhig und besonnen, aber Fiona kannte ihn gut genug, um nicht zu wissen, wie nervös er innerlich war. Conor würde es niemals zu einer improvisierten Pressekonferenz kommen lassen. Er pokerte hoch. ... Und wurde letztlich für seinen Einsatz belohnt.

Die Tür öffnete sich weiter, und zum Vorschein kam eine Frau Mitte oder Ende vierzig. Ihre tiefschwarzen Haare hatte sie im Nacken streng zu einem Dutt gebunden. Der schwarze Bleistiftrock, den sie trug, betonte ihre weiblichen Kurven und unter ihrer schwarzen Strickjacke lugte der spitze Kragen einer weißen Bluse hervor. Fiona starrte auf das kleine goldene Kreuz, das die Frau um ihren schlanken, langen Hals trug und kam nicht umhin, daran zu denken, dass die Frau unfassbare Ähnlichkeit mit Wednesday, der Tochter der Addams Family hatte.

Die Frau trat beiseite und bedeutete den Dreien, dass sie eintreten sollten. »Warten Sie bitte hier«, murmelte sie, deutete einen Knicks an und verschwand durch eine der vielen Türen, die vom dunklen Flur abgingen.

Fiona sah sich erneut um. Das Haus wirkte heute vollkommen anders auf sie als bei ihrem Besuch gestern Nachmittag. Es war, als habe sich ein dunkler Schatten über die prächtige Villa gelegt, die gestern noch so protzig und lebensfroh auf sie gewirkt hatte. Womöglich lag es daran, dass die Fensterläden und Vorhänge heute nahezu ausnahmslos geschlossen waren, sodass kaum Licht in die Wohnräume gelangte.

»Gruselig«, flüsterte Fiona und bemerkte, wie Conor ihr zunickte. Selbst Kevin Peterson war nicht entgangen, dass sich das Haus in den vergangenen vierundzwanzig Stunden verändert hatte.

»Nicht einmal Blumen stehen mehr auf den Möbeln«, sagte er und deutete auf eine Anrichte, auf der gestern Nachmittag noch ein Strauß Christrosen gestanden hatte. »Scheint so, als wäre alles Leben aus diesem Haus ausgezogen.«

Bei diesem Satz lief Fiona unwillkürlich ein kalter Schauer über den Rücken, und sie griff nach Conors Hand, um sich zu vergewissern, dass er an diesem durch und durch tristen Ort an ihrer Seite war. Als würde er verstehen, drückte er ihre Hand fest und strich ihr beruhigend mit dem Daumen über den Handrücken.

Gerade als Fiona etwas sagen wollte, öffnete sich eine der Türen, und die Frau, die sich ihnen noch immer nicht vorgestellt hatte, kehrte zurück.

»Bitte folgen Sie mir«, sagte sie beinahe tonlos, machte auf dem Absatz kehrt und öffnete eine der anderen Türen, durch die ein wenig Licht in den Flur fiel.

Conor, Kevin und Fiona folgten ihr wortlos und fanden sich wenig später in dem Zimmer wieder, in dem Kimberly Madison gestern Nachmittag gestorben war. Auch hier waren die Vorhänge zugezogen, wenn auch nicht komplett, sodass es immerhin nicht vollkommen finster war.

»Mr Madison wird gleich bei Ihnen sein.« Die Frau verabschiedete sich mit einem freundlichen Lächeln auf den Lippen und schloss die Tür hinter sich.

»Der Hausherr ziert sich offenbar ein bisschen«, schlussfolgerte Kevin Peterson, legte die Stirn in Falten und ging zum Fenster. Mit einem Ruck zog er eine der Gardinen beiseite, sodass es in dem Raum endlich heller wurde.

Das Zimmer, Fiona erinnerte sich daran, dass Kimberly es als Bibliothek bezeichnet hatte, ging zur Rückseite des Hauses hinaus. Von hier aus hatte man einen fantastischen Blick in den Garten, der sich einige hundert Fuß weit in Richtung Horizont erstreckte. Die Grundstücksgrenze konnte man von hier aus lediglich erahnen.

»Das sind ja mal 'ne Menge Bücher.« Conor streifte an den Bücherregalen entlang und legte den Kopf schief. »Der Lord, die Gräfin und ich«, las er vor, als sein Blick an einem der Buchtitel hängenblieb. »Klingt ganz schön schräg.« Als spiele er mit dem Gedanken, das Buch aus dem Regal zu ziehen, um einen Blick auf den Klappentext zu erhaschen, wanderte er mit seinem Zeigefinger über den Buchrücken. Er zog seinen Finger jedoch zurück, als Codie Madison den Raum betrat und sich räusperte.

»Entschuldigen Sie, dass ich Sie habe warten lassen. Ich war heute Morgen nicht in der Verfassung, Besuch zu empfangen. Ehrlich gesagt, war ich nicht darauf eingestellt«, sagte Codie Madison und räusperte sich erneut. »Es war eine anstrengende Nacht mit viel zu wenig Schlaf.«

Wie ein König schritt Codie durch die Bibliothek. Sein Blick blieb an den geöffneten Gardinen hängen, außerdem musterte er DI Peterson ausgiebig, als würde ihm nicht gefallen, dass ihn gleich zwei Inspectors aufgesucht hatten. »Ich hoffe, Miss Hamilton hat sich in der Zwischenzeit um Sie gekümmert.« Codie ließ sich auf das kleine Sofa fallen und bedeutete dem Trio, dass sie sich ebenfalls setzen sollten.

»Codie, es tut mir so leid, was passiert ist.« Fiona setzte sich Codie gegenüber und schlug die Beine übereinander.

»Das ist lieb von dir, Fiona«, antwortete Codie beiläufig, hielt dann aber inne, als habe ihn ein Geistesblitz ereilt. »Was machst *du* hier?«

Fiona sah ihn verdutzt an, obwohl seine Frage durchaus berechtigt war. Streng genommen gehörte sie nicht hierher. Nicht jetzt zu diesem Zeitpunkt und schon gar nicht als Begleitung zweier Polizisten.

»Ich wollte dir mein Beileid bekunden«, meinte Fiona und suchte seinen Blick, doch Codie wich ihr aus.

»Pff, ausgerechnet du«, meinte er und verschränkte die Arme vor der Brust. »Wer sagt mir denn, dass du sie nicht auf dem Gewissen hast?« Er hob provozierend eine Augenbraue.

»D-das …«, stammelte Fiona, aber Conor fiel ihr sofort ins Wort.

»Ich glaube nicht, dass Miss Fitzgerald etwas mit dem Tod Ihrer Frau zu tun hat. Wir haben sie bereits vernommen, und es gibt nichts, was darauf hindeutet, dass Miss Fitzgerald eine Mörderin ist. Was veranlasst Sie überhaupt dazu anzunehmen, dass Ihre Frau eines unnatürlichen Todes gestorben ist?«

Fiona liebte die Art, wie Conor sie in Schutz nahm, wusste aber auch, dass er sich gerade auf verdammt dünnem Eis bewegte.

»Klar, dass Sie Ihre Freundin in Schutz nehmen.« Codie lehnte sich provozierend zurück und würdigte Fiona weiterhin keines Blickes.

»Ich werde mich nicht auf so eine Diskussion mit Ihnen einlassen«, antwortete Conor, als ginge es ihm darum, klarzustellen, dass er sehr wohl dazu in der Lage war, Privates und Dienstliches auseinanderzuhalten.

»Wissen Ihre Vorgesetzten davon, dass Ihre Freundin anwesend war, als meine Frau kaltblütig ermordet wurde? Wissen sie, dass Ihre Freundin ebenso gut eine Verdächtige sein könnte?« Codie hob eine Augenbraue und verschränkte die Arme vor seiner Brust.

»Jetzt reicht's aber, Mister Madison.« Die dunkle Stimme von DI Kevin Peterson ertönte. »Stellen Sie keine Verdächtigungen auf, sondern antworten Sie gefälligst auf die Fragen, die Ihnen der DCI gestellt hat.« Kevin Peterson stellte sich an Conors Seite und verschränkte nun seinerseits die Arme vor der Brust.

»Also, wie kommen Sie darauf, dass Ihre Frau ermordet worden ist? Bislang haben wir nichts dergleichen erwähnt.«

»Wird das hier wieder ein Verhör?«, fragte Codie beleidigt.

»Das liegt ganz an Ihnen.«

»Ich meine ja nur, dass die Polizei doch nicht einfach so ins Blaue hinein ermittelt«, sagte Codie trotzig und sichtlich genervt davon, dass er bei den beiden Inspectors mit seiner provokanten Art zu kommunizieren nicht weiterkam.

Fiona gefiel es, dass weder Conor noch Kevin Peterson auf Codies Masche hereingefallen waren, sondern seelenruhig ihre Befragung fortsetzten und langsam aber sicher die Daumenschrauben anzogen, um Codie unter Druck zu setzen.

»Sie irren sich schon wieder«, meinte Conor mit einem Hauch Genugtuung in der Stimme. »Wenn wir hinzugerufen werden, sind wir immer gezwungen zu ermitteln. Was wir in diesem Fall auch tun werden.« Jetzt musterte er Codie, der sich in einem Anflug von Nervosität plötzlich wild durch die Haare fuhr.

»Angespannt?« In DI Petersons Augen blitzte es auf.

»Sollte ich?« Codie sah irritiert zu Peterson hinüber.

»Sagen Sie es uns!« Conor schob sich einen Stuhl heran und setzte sich, ohne Codie Madison dabei aus den Augen zu lassen.

Fiona beobachtete interessiert, wie die beiden Inspectors den prominenten Schönheitschirurgen zunehmend in die Mangel nahmen.

»Ich habe lediglich laut nachgedacht. Das wird ja wohl noch erlaubt sein, angesichts der Tatsache, dass meine Frau tot ist. Wie heißt es so schön: Die Gedanken sind frei!«

»Oh, verstehen Sie uns nicht falsch. Wir freuen uns, wenn Sie uns an Ihren Gedanken teilhaben lassen.« Conor lächelte breit, was Codie nicht zu gefallen schien. Er seufzte und verfiel in demonstratives Schweigen.

»Gestern auf dem Revier haben Sie gesagt, dass Ihre Frau herzkrank war und Medikamente einnahm. Haben Sie Zugriff auf diese Medikamente?«, wollte Conor wissen.

Codie Madison nickte. »Natürlich. Sie liegen in ihrer Nachttischschublade.«

»Sie haben doch sicher nichts dagegen, wenn wir einen Blick darauf werfen, oder?« Kevin Peterson nahm nicht weiter Notiz von Codie, sondern ging schnurstracks auf die geschlossene Tür zu, durch die sie vorhin gekommen waren. »Begleiten Sie mich, oder soll ich selbst nach dem Schlafzimmer und den Tabletten suchen?« Es klang nicht wie eine Bitte, sondern vielmehr wie eine Aufforderung, der Codie offenbar nur ungern nachkam. Schließlich erhob er sich stöhnend und ging voraus, während Kevin Peterson ihm wortlos folgte.

***

»Und?« Conor stand am Fenster der Bibliothek und betrachtete eine verirrte Amsel, die anscheinend auf der Suche nach Nahrung durch den Madison-Garten hüpfte. Fiona saß schräg hinter ihm auf dem Sofa und hatte ebenso gespannt auf die Rückkehr von Codie und Kevin gewartet wie ihr Freund.

»Es fehlen Tabletten. Und zwar jede Menge.« Kevin reichte Conor einen kleinen Plastikbeutel, in dem sich mehrere leere Blister und die Verpackung des Herzmedikaments befanden.

»Wie gesagt, ich kann mir das nicht erklären. Sie hat morgens und abends eine Tablette eingenommen. Ich habe sie ihr selbst eingeteilt und stets darauf geachtet, dass sie ihre Medikamente richtig einnimmt. Kimberly war in dieser Hinsicht leider immer ein wenig vergesslich«, erzählte Codie. »Die Packung ist noch ganz frisch. Ich habe sie ihr erst vor ein paar Tagen verschrieben.«

»*Sie* haben Ihrer Frau die Tabletten selbst verschrieben?« Kevin Peterson runzelte die Stirn. »Machen Sie jetzt auch in Herzchirurgie?«

»Der Kardiologe meiner Frau befindet sich noch im Weihnachtsurlaub, und da meine Frau neue Medikamente benötigte, habe ich ausnahmsweise ein Rezept ausgestellt, damit sie nicht zu einem Vertretungsarzt gehen musste«, erklärte Codie und setzte sich wieder aufs Sofa. »Ehrlich, ich kann mir nicht erklären, warum die Packung so leer ist.«

»Könnte es sein, dass Ihre Frau ...« Conor stockte und legte sich die Worte sorgfältig zurecht. »Ich meine, Sie sagten, Ihre Frau sei etwas vergesslich gewesen. Kann es sein, dass sie zu viele der Medikamente eingenommen hat?«

Codie schüttelte den Kopf. »Sie war nicht dement, wenn Sie das meinen. Sie dachte nur nicht regelmäßig daran, ihre Tabletten zu nehmen. Vielleicht auch, weil sie genau wusste, dass ich eh ein Auge darauf hatte. Wissen Sie, bei Kimberly war es so, dass sie sich immer gern auf andere verlassen hat. Sie war froh und dankbar für alles, um das sie sich nicht selbst kümmern musste.«

»Wirklich? Das passt gar nicht zu Kimberly.« Fiona beugte sich vor und fuhr mit der Hand über ihren Arm.

»Ich glaube kaum, dass du weißt, was zu Kimberly passte, und was nicht. Wie oft habt ihr euch seit der Schulzeit gesehen? Drei Mal? Vier Mal?« Codie zog eine Grimasse, die deutlich machte, wie wenig er von Fionas Meinung hielt.

»Auch wenn du es nicht hören möchtest, aber Kimberly war eine eigenständige Frau mit einem eigenen

Willen. Sie hatte eine Vorstellung von ihrem Leben und davon, was sie künftig damit anfangen wollte.«

»Was willst du damit sagen, Fiona?«, giftete Codie, als habe Fiona mit ihrer Äußerung einen wunden Punkt bei ihm getroffen.

»Kimberly hat Carrie und mir erzählt, dass eure Ehe am Ende war und nur noch auf dem Papier existierte. Sie wusste von deinen zahlreichen Liebschaften und auch davon, dass du sie am liebsten loswerden wolltest.«

»Ach ja, das hat sie euch beiden erzählt? Dass ich sie loswerden wollte? Tz, das sieht ihr ähnlich.« Codie stand auf und ging aufgewühlt durch das Zimmer. »Hat sie dir auch erzählt, dass sie mich schon seit etwa einem halben Jahr betrogen hat?«

Fiona zuckte kaum merklich zusammen und versuchte, ihre Überraschung zu überspielen. Entweder hatte Kimberly ihr nicht die Wahrheit gesagt, oder Codie bluffte nur.

»Tz, das hab ich mir gedacht. Sie war eine Meisterin darin, mich als den bösen, untreuen Ehemann hinzustellen, während sie sich als unschuldige, betrogene Ehefrau inszenierte. Sie war äußerst gerissen, das musste man ihr lassen. Sie wusste ganz genau, dass die Leute sich kaum die Mühe machen würden, hinter ihre Fassade zu schauen. Dabei war sie keinen Deut besser als ich.« Codie Madison schnaubte verächtlich, ging zur Minibar hinüber und schenkte sich einen Whiskey ein.

»Möchten Sie auch? Oder dürfen Sie im Dienst nicht trinken?«, fragte er die beiden Inspectors, die das Gespräch zwischen Fiona und ihm gespannt mitverfolgt hatten.

»Nein, danke. Nicht während der Arbeitszeit.« Conor winkte ab, während ein Lächeln über seine Lippen huschte. Offenbar hatte er sich genau das von Fionas Anwesenheit erhofft. Dass sie Codie Madison in ein belangloses Gespräch verwickelte, aus dem sich neue Erkenntnisse ergaben.

»Und mit wem soll sie dich betrogen haben? Ich glaube dir kein Wort, Codie!« Fiona schüttelte vehement den Kopf. Sie konnte sich wirklich nicht vorstellen, dass Kimberly ihrem Codie untreu gewesen war. Sie hatte ihr erst auf dem Klassentreffen noch einmal erzählt, dass Codie die Liebe ihres Lebens sei, und dass sie sich jeden Tag wieder für ihn entscheiden würde, auch wenn er sie für jedermann sichtbar nach Strich und Faden betrog und dadurch in aller Öffentlichkeit demütigte. Wenn man Fiona fragte, würde sie sagen, Kimberly war ihrem Ehemann verfallen gewesen.

»Ach nein? Dann fahr doch raus nach Holywood und erkundige dich im Golf Club nach Jeremy Jones. Er war ihr Golflehrer ...« Codie machte eine kurze Pause, als Fiona eine Augenbraue hob. »Ja, ich weiß, es klingt abgedroschen, aber so ist das Leben nun mal, Fiona. Erkundigen Sie sich nach ihm und fragen Sie ihn, was er gestern Nachmittag gemacht hat.«

»Warum sollten wir das tun?«, fragte Kevin Peterson.

»Weil ich mich gestern Nachmittag mit ihm treffen wollte. Wir waren verabredet. Ich wollte ihn zur Rede stellen, und ihm sagen, dass er die Finger von meiner Frau lassen soll. Doch er hat mich versetzt.«

»Was heißt das?«

»Na, dass er nicht aufgetaucht ist. Zunächst habe ich gedacht, dass er sich mit Kimberly trifft, da er ja genau wusste, dass ich nicht im Haus war. Aber so wie es aussieht, ist er nicht hier gewesen.«

»Vielleicht doch«, schaltete sich Fiona ins Gespräch ein. »Ich erinnere mich daran, dass eine Tür ins Schloss fiel, kurz nachdem Kimberly umgefallen war. Ich habe es erst nicht für voll genommen und gedacht, es wäre durch einen Windzug geschehen, aber ich kann nicht ausschließen, dass noch jemand hier im Haus war.« Fiona fuhr sich nachdenklich mit dem Finger über die Lippen.

»Vermutlich die Haushälterin.«

»Miss Hamilton? Nein, das kann nicht sein. Sie hat montags immer ihren freien Tag, den sie dafür nutzt, ihre Mutter im Pflegeheim zu besuchen«, erzählte Codie Madison. »Sie verlässt immer gleich morgens in aller Frühe das Haus und kehrt vor dem Abendessen nicht wieder zurück. Wie gesagt, montags ist ihr freier Tag. Sie kann unmöglich im Haus gewesen sein.«

»Dann war es wohl doch nur ein Windzug«, meinte Fiona, auch wenn sie sich mit einem Mal sicher war, dass Kimberly und sie nicht allein in der Villa gewesen waren. Es war ein Gefühl, das sie nicht weiter beschreiben konnte, dem sie aber unbedingt näher auf den Grund gehen musste.

KAPITEL 4

»Also, was haben wir bislang?« Conor Brennan stand vor dem Whiteboard in seinem Büro und hatte eine Art Diagramm darauf gekritzelt.

»Wenn Sie mich so fragen … gar nichts.« Kevin Peterson lehnte lässig an Conors Schreibtisch, eine Kaffeetasse in der einen und eine Zigarette in der anderen Hand. Als er Conors Blick sah, hob er die Zigarette hoch und schüttelte den Kopf. »Keine Sorge, ich zünde sie nicht an. Es ist nur noch die Macht der Gewohnheit, dass ich dieses Ding in der Hand halte. Sie hilft mir beim Nachdenken, auch wenn ich mir das Rauchen schon vor zwei Monaten abgewöhnt habe.«

»Glückwunsch«, antwortete Conor und lächelte. »Wir haben einen Ehemann, der uns ganz offensichtlich nicht die Wahrheit sagt und wenig kooperativ ist. Einen Golflehrer, der möglicherweise der Geliebte des Opfers gewesen ist, und Fiona.« Er seufzte, als er ihren Namen sagte. Am liebsten wäre es ihm gewesen, sie wäre nie zu ihrer Verabredung mit Kimberly gegangen.

»Was ist mit der Cousine Ihrer Freundin?«

»Mit Carrie?«

Kevin nickte. »Hat Fiona sie mittlerweile erreicht?«

Conor schüttelte den Kopf. »Sie ist dran, aber bislang kommt sie nicht weiter. Carries Handy ist ausgeschaltet.«

»Merkwürdig.«

»Ja, aber das werde ich Fiona auf keinen Fall sagen. Ich möchte nicht, dass sie sich unnötig Sorgen macht. Ihr geht es jetzt schon nicht gut.« Conor seufzte. Dass

Carrie plötzlich verschwunden zu sein schien, bereitete ihm mehr Magenschmerzen, als er zugeben wollte.

Er hatte Carrie als absoluten Wirbelwind kennengelernt, der mal hier und mal dort zu finden war. Sie war ein Hansdampf in allen Gassen, der keine Minute stillsitzen konnte und am liebsten auf jeder Hochzeit getanzt hätte. Ihn überraschte es wenig, dass Carrie zu der Verabredung mit Kimberly nicht aufgetaucht war. Vermutlich hatte sie irgendeinen heißen Typen kennengelernt, mit dem sie sich seitdem prächtig amüsierte. Wundern würde es ihn auf jeden Fall nicht. »Fiona ist gerade auf dem Weg zu Carries Arbeitsplatz. Vielleicht findet sie ihre Cousine ja dort.«

»Was macht diese Carrie denn beruflich?«, fragte Kevin Peterson und drehte die Zigarette nachdenklich zwischen Daumen und Zeigefinger.

»Sie ist Arzthelferin«, sagte Conor und schluckte. *Wieso war ihm das nicht früher in den Sinn gekommen?*

»Sie arbeitet bei einem Arzt?«

Conor nickte.

»Dann ist sie auf jeden Fall jemand, der sich mit Medikamenten auskennt. Wir sollten sie ebenfalls auf die Liste setzen.« Peterson löste sich vom Schreibtisch und stellte sich neben Conor ans Whiteboard.

»Warten wir ab, was Fiona herausfindet. Vielleicht wissen wir schon bald mehr. Ich denke, es ist besser, wenn Fiona bei ihrem Arbeitgeber auftaucht. Sie erregt am wenigsten Verdacht, sollte Carrie tatsächlich etwas mit dem Mord zu tun haben.«

Kevin Peterson nickte zustimmend. »Sehe ich auch so.« Er schrieb Carries Namen an die Tafel und legte den Stift zurück. »Begleiten Sie mich nach Holywood?«

»Ja, fahren wir los.«

***

Der Holywood Golf Club lag in den Holywood Hills, knapp zehn Minuten von Belfasts Stadtzentrum entfernt. Der Club rühmte sich damit, einen der weltbekanntesten Golfer Rory McIlroy hervorgebracht zu haben. Von den Hügeln, über die sich die riesige Anlage erstreckte, hatte man einen traumhaften Blick über das County Down und die Stadt.

»Sir, können Sie mir sagen, wo wir Jeremy Jones finden?« Direkt am Eingang wandte sich Conor an einen Mitarbeiter, der sich um den Fuhrpark der Gäste zu kümmern schien.

Der Mann sah auf die Uhr und lächelte schräg. »Sein Anfängerkurs für Ladys müsste gerade vorbei sein. Er dürfte daher im Clubhouse sein«, antwortete der Mann und steckte einen der Autoschlüssel in seine Hosentasche. »Soll ich Ihnen den Weg zeigen?«

»Danke, ich denke, wir werden ihn schon finden«, meinte Conor und verabschiedete sich.

Das Clubhouse bestand aus mehreren Bars und Restaurants. Conor und Kevin betraten zunächst die große Lounge durch deren große Panoramafenster man einen tollen Blick über die Green Fees hatte. Als sie nicht fündig wurden, gingen sie weiter in die Members Bar, zu der, wie es der Name schon verriet, nur Mitglieder des Golfclubs Zutritt hatten.

»Wir suchen Jeremy Jones«, erkundigte sich Kevin Peterson an der Bar nach dem gesuchten Golflehrer.

»Sie suchen mich?« Eine dunkle Stimme ertönte hinter den beiden Inspectors.

Conor drehte sich um. »Sind Sie Jeremy Jones?«, fragte er und betrachtete den Mann prüfend. Er war stark sonnengebräunt und trug ein dunkelblaues Cap, welches den Schriftzug des Holywood Golf Clubs trug.

Der Mann mit dem roten Pullunder und dem dunkelblauen Poloshirt nickte.

»Ich bin DCI Conor Brennan, das ist mein Kollege DI Kevin Peterson. Wir würden gern einen Moment mit Ihnen reden.«

Jeremy Jones runzelte die Stirn und betrachtete die Ausweise der beiden Inspectors kritisch, als würde er an deren Echtheit zweifeln.

»Können wir uns vielleicht irgendwo ungestört unterhalten?«

»Kommen Sie mit«, knurrte Jones, der wenig erfreut vom Auftauchen der beiden Polizisten zu sein schien.

Vorbei an zahlreichen dunkelbraunen Ledersesseln, in denen viele Golfer saßen und den sportlichen Teil des Tages mit einem Bier oder Whiskey ausklingen ließen, gingen sie in einen abgetrennten Bereich der Members Bar.

Jeremy Jones setzte sich und sah die beiden Inspectors an. »Wie kann ich Ihnen helfen?«

»Ich wusste gar nicht, dass man Golf auch im Winter spielen kann«, sagte Kevin Peterson sichtlich erstaunt darüber, dass der Club zu dieser Jahreszeit überhaupt geöffnet hatte.

»Solange der Platz bespielbar ist, haben wir geöffnet. Auch im Winter«, antwortete Jeremy Jones schmallippig. »Aber Sie sind wohl kaum hier, um mit mir über das Wetter zu reden, oder?« Sein Blick wanderte zwischen Conor und Kevin hin und her. *Konnte er sich wirklich nicht denken, warum sie ihn sprechen wollten?*

Conor betrachtete Jones genauer. Wenn er auch nicht erfreut darüber wirkte, Besuch von der Polizei zu bekommen, so machte er doch keinen verkrampften Eindruck. Er saß mit einer gewissen Gelassenheit in seinem Ledersessel, hatte die Arme locker auf die Lehnen gelegt und die Beine übereinandergeschlagen. Er vermittelte den Eindruck, als habe er sich nichts zu Schulden kommen lassen.

»Mr. Jones, in was für einem Verhältnis standen Sie zu Kimberly Madison?«

Während Kevin mit der Befragung von Jeremy Jones begann, ließ Conor den Golflehrer keine Sekunde aus den Augen. Er wollte jede noch so kleine Regung in sich aufnehmen. Immerhin konnte jeder Hinweis entscheidend sein.

»Kimberly Madison?«, fragte er, als müsse er nachdenken, wer die Frau überhaupt war. »Ich verstehe nicht ganz, worauf Sie hinauswollen, Inspector. Geht es um ihren Tod?«

Kevin räusperte sich. »Ich denke, Sie wissen ganz genau, worauf ich hinausmöchte. Und ehrlich gesagt, verstehe ich gerade nicht, was an meiner Frage so unverständlich für Sie ist. Aber gut, ich werde sie anders formulieren: Kennen Sie Kimberly Madison?« Kevin

Petersons Blick lag ruhig auf Jeremy Jones, der zunehmend unruhiger wurde und langsam nickte.

»Ja, natürlich. Wer kennt die Madisons nicht?«, sagte er und wischte sich mit der Hand über die dunkelblaue Hose.

»Woher kennen Sie Kimberly Madison?«

»Nun ja, hier aus dem Club. Die Madisons sind seit Jahren Mitglieder«, antwortete Jeremy Jones, jetzt wieder ein wenig sicherer.

»Sie kannten sich also schon lange?«

»Ja. Kimberly Madison ist ... war eine Schülerin von mir. Keine besonders gute, unter uns gesagt, aber sie machte Fortschritte«, erzählte Jeremy Jones und nahm das Cap ab, um sich mit dem Handrücken über die Stirn zu wischen. Offenbar war er doch nicht so gelassen, wie er sich nach außen hin gab.

»Sie sagen, Kimberly Madison war eine Schülerin von Ihnen ... hatten Sie auch abseits des Platzes Kontakt zu ihr?«

»Ja, natürlich. Wir haben uns des Öfteren hier im Clubhouse getroffen. Zum Brunch oder Lunch zum Beispiel. Eher selten auch mal abends.«

»Warum nicht abends?«, wollte Kevin Peterson wissen.

»Nun ja, weil Kimberly abends mit ihrem Mann zusammen war.«

»Immer? Ich meine, waren die beiden abends immer zusammen?«

»Nun, ich habe die beiden nicht auf Schritt und Tritt beobachtet. Ich bin doch kein Stalker, oder so ... aber gehört es sich nicht für ein Ehepaar, die Abende gemeinsam zu verbringen?« Jeremy Jones brach den Blickkontakt zu Kevin Peterson ab und sah Conor an, der das Gespräch der beiden mitverfolgt hatte, ohne sich einzumischen. Auch jetzt hielt er sich zurück und zuckte lediglich mit den Achseln.

»Es ist ein offenes Geheimnis, dass Kimberly Madison von ihrem Mann betrogen wurde. Sie wird daher viele Abende sehr einsam gewesen sein, und daher frage ich mich, ob Sie nicht doch mal abends bei ihr vorbeigeschaut haben.« Kevin Peterson beugte sich nach vorne, den Blick immer noch auf Jeremy Jones gerichtet.

»Vielleicht haben wir auch abends mal ein Glas Wein zusammen getrunken ... worauf wollen Sie hinaus?« Seine Miene verfinsterte sich urplötzlich, als ihm dämmerte, dass es hier nicht nur um die Golfstunden ging, die er Kimberly Madison gegeben hatte.

»Hatten Sie ein Verhältnis mit Kimberly Madison? Ich will ganz offen mit Ihnen sein: Es gibt Leute, die das behaupten.«

Jeremy Jones nickte. »Das habe ich mir bereits gedacht. Was wollen Sie jetzt von mir hören?«

»Wie wäre es mit der Wahrheit, Mr. Jones? Ich denke, damit würden Sie am besten fahren.« Conor erhob sich aus seinem Sessel, stellte sich hinter Jeremy Jones und klopfte ihm aufmunternd auf die Schulter.

»Es ist wahr. Kimberly und ich hatten eine Affäre. Nein, es war mehr als das. Wir beide haben uns geliebt. Wir hatten gemeinsame Pläne für unsere Zukunft. Sie wollte Codie verlassen, aber er wollte sie nicht gehen lassen. Dieser Mistkerl!« Jeremy Jones schnaubte verächtlich, als er Codies Namen erwähnte.

»Sie haben Kimberly also geliebt?«, hakte Conor nach.

»Das habe ich doch gerade gesagt«, blaffte Jeremy Jones ihn an, während seine gelassene Fassade immer mehr bröckelte. Seine Augen wanderten im Raum umher und schienen nach einem Fixpunkt zu suchen, der ihm Sicherheit geben konnte.

»Für jemanden, der gerade einen geliebten Menschen verloren hat, wirken Sie ziemlich ... gelassen«, stellte Conor fest, löste sich von Jones und stellte sich nun hinter Kevin Peterson.

»Ich stehe eben unter Schock.«

»Glauben Sie mir, Menschen, die nach dem Tod eines geliebten Menschen unter Schock stehen, sehen anders aus.«

»Wollen Sie mir etwa etwas anhängen?«, fragte Jeremy Jones und setzte sich jetzt aufrecht hin.

»Nein, wir möchten lediglich herausfinden, was gestern Nachmittag in der Madison-Villa geschehen ist.«

»Vielleicht ist sie auch eines natürlichen Todes gestorben. Sie klagte in letzter Zeit öfter über Schmerzen in der linken Brust. Vielleicht war es ein Herzinfarkt.« Jeremy Jones wand sich.

»Mr. Jones, wie kommen Sie darauf, dass das Herz die Ursache für Kimberly Madisons Tod gewesen sein könnte? In den Medien ist nirgendwo über die Todesursache auch nur ansatzweise spekuliert worden. Sie könnte genauso gut erschossen worden sein oder erhängt, oder ...«

»Ich habe eben eins und eins zusammengezählt. Ihre Klagen über die Schmerzen, dann die neuen Medikamente, die ihr Mann ihr verschrieben hat. Wer sagt denn, dass es nicht die anderen Tabletten waren, die sie von ihm bekommen hat? Dass *er* dahintersteckt?«

»Wer sagt uns denn, dass *Sie* nicht dahinterstecken?«
Kevin Peterson übernahm nun wieder die Befragung,
während Conor sich an den Tisch lehnte und die Arme
vor der Brust verschränkte. Er hatte genug gehört, um
zu wissen, dass irgendetwas an Jeremy Jones' Geschichte nicht stimmte. Nur was genau war es?

Jeremy Jones lachte. »Das wird ja immer besser. Was
für ein Motiv soll ich denn gehabt haben? Warum sollte
ich die Frau, die ich liebe, töten? Das ergibt doch überhaupt keinen Sinn. Wir wollten zusammen alt werden,
doch Codie Madison hat sie nicht gehen lassen.«

»Vielleicht wollte sie Codie Madison nicht verlassen,
weil sie wusste, dass sie dann nichts mehr von seinem
Vermögen bekommen würde.«

»Das sind reine Spekulationen, an denen ich mich
nicht beteiligen möchte.«

»Natürlich nicht.« Kevin sah zu Conor hinüber, der
ihm unauffällig zunickte. »Wo sind Sie gestern Nachmittag gewesen?«

»Hier im Club. Ich war mit Codie Madison verabredet,
doch der ist nicht zum Treffen erschienen. Aber Sie
können gern vorne am Empfang nachfragen, wenn Sie
mir nicht glauben. Ich bin mir sicher, Sie werden hier
jemanden finden, der bestätigen kann, dass ich hier
war.« Er lächelte selbstgefällig und schmierig.

»Mr. Jones, wir bitten Sie, sich für weitere Befragungen bereit zu halten. Sollte Ihnen doch noch etwas einfallen, scheuen Sie sich nicht, uns zu kontaktieren.«
Kevin Peterson erhob sich aus seinem Sessel und stellte
sich neben Conor. »Seien Sie sich gewiss, dass wir Sie
noch einmal kontaktieren werden.«

»Soll das eine Drohung sein?«, fragte Jeremy Jones und stand ebenfalls auf. »Wenn ja, würde ich das nächste Verhör gern nur in Anwesenheit meines Anwalts führen.«

»Es steht Ihnen frei, einen Anwalt zu kontaktieren. Allerdings war dies hier lediglich eine Unterhaltung, da wir einem Verdacht nachgehen. Verhöre führen wir stets auf dem Revier. Seien Sie sich sicher, dass wir Sie bitten werden, einen Anwalt mitzubringen, sollten wir Sie offiziell vorladen.«

KAPITEL 5

Die Praxis von Doktor Michael McAllister lag unweit der Queens University, in einer kleinen Seitenstraße der Malone Road. Fiona kannte die Gegend wie ihre Westentasche. Nicht nur, weil sich Conors Dreizimmerwohnung ganz in der Nähe befand, sondern auch, weil sie selbst vor ihrer Zeit in Portrush hier gelebt hatte.

Trotzdem hatte sich das Viertel verändert, seit sie nach Portrush gezogen war. Zahlreiche Cafés waren hinzugekommen, auch einige neue Pubs und Bars waren eröffnet worden, während kleinere Geschäfte und Boutiquen geschlossen hatten. Fiona bedauerte die Entwicklung, schließlich hatte gerade die bunte Mischung an Geschäften die Atmosphäre des Viertels ausgemacht.

Carrie arbeitete noch nicht lange bei Doc McAllister. Sie hatte erst vor ein paar Monaten den Job bei dem Kardiologen angefangen, nachdem sie in ihrer alten Praxis nicht mehr glücklich gewesen war. Woran genau es gelegen hatte, hatte Carrie zwar nicht erzählt, doch Fiona vermutete, dass ihre Cousine eine Affäre mit dem Chef begonnen und letztlich gegen die Ehefrau keine Chance gehabt hatte und gehen musste. Carrie hätte ihr das gegenüber nie zugegeben, aber Fiona wusste, dass sich Carrie und ihr damaliger Boss nach dem Sommerfest einen One-Night-Stand geleistet hatten. Immerhin das hatte ihre Cousine ihr, wenn auch nicht ganz freiwillig, gestanden. Es war ihr bei einem Besuch in Portrush herausgerutscht, nachdem sie im Pub in der Oceans Road zu tief ins Glas geschaut hatte.

Carrie hatte irgendwann nicht mehr in der Praxis arbeiten wollen. Sie hatte gesagt, dass sie sich dort nicht mehr wohlfühlte, was Fiona in Anbetracht der Situation verstehen konnte. Kurz darauf hatte Carrie daher gekündigt und wenig später bei Doc McAllister angefangen.

Als Fiona schließlich im Sprechzimmer dem Doc gegenübersaß, wusste sie auch, warum Carrie ausgerechnet diese Praxis ausgesucht hatte. Doc McAllister war alt. Sehr alt, um genau zu sein. Er trug eine dicke Hornbrille, durch die seine Augen noch größer wirkten, als sie ursprünglich waren. Seine dünnen Haare hatte er versucht, über seine Glatze zu kämmen, und sein Hemd spannte um seinen Bauch herum. In ihn würde Carrie sich bestimmt nicht hoffnungslos verlieben.

Er musste kurz vor der Rente stehen, dachte Fiona, während sie ihm im Schein der Schreibtischlampe betrachtete.

»Sie kommen also wegen Carrie«, sagte er, seufzte und legte die Brille auf den Schreibtisch.

Fiona fragte sich, ob er sie jetzt überhaupt noch sehen konnte. Stirnrunzelnd sah sie ihn an und hoffte, ihn dabei nicht allzu sehr anzustarren. Obwohl, vielleicht würde er es eh nicht sehen können …

»Ja, ich wundere mich, dass sie nicht hier ist. Sie sollte heute eigentlich arbeiten«, antwortete Fiona.

»Sie hat kurzfristig Urlaub genommen, da es ihrer Mutter nicht gut ging, und sie sich in Dublin um ihren Vater kümmern musste. Hat sie Ihnen das denn nicht erzählt?« Doc McAllister sah Fiona fragend an, wobei Fiona sich nicht sicher war, ob er sie direkt ansah oder einfach nur in den Raum hineinstarrte.

»Ihre Mutter in Dublin?«, wiederholte Fiona. Die Geschichte ergab überhaupt keinen Sinn.

»Wer sind Sie noch gleich?«, fragte Michael McAllister.

»Ihre Cousine.« Fiona fasste sich an die Stirn. »Ich ... bin erst heute von einer Reise zurückgekehrt und habe meine Mailbox noch nicht abgehört. Bestimmt hat sie mir eine Nachricht hinterlassen.« Fiona biss sich auf die Zunge und betete, dass Doc McAllister ihr die Geschichte abkaufen würde. Gleichzeitig machte sie sich unfassbar große Sorgen um Carrie. Hoffentlich war ihr nichts zugestoßen.

»Das wird es sein. Wissen Sie, ich schätze Carrie als eine sehr zuverlässige Mitarbeiterin.« McAllister setzte sich seine Hornbrille wieder auf und betrachte Fiona mit überdimensional großen Augen. »Kommen Sie auch aus Dublin?«

Fiona schüttelte den Kopf. »Nein, ich stamme ursprünglich aus Belfast, lebe aber seit mittlerweile knapp sechs Jahren in Portrush, wo ich eine kleine Bonbonmanufaktur betreibe«, erzählte sie und erhob sich aus ihrem Stuhl.

»Sehr interessant. Sie sind also auf Heimaturlaub.« Doc McAllisters graue Augen funkelten sie an. Hoffentlich ahnte er nichts.

»Ich besuche meinen Freund«, antwortete sie schnell und schnappte sich ihre Tasche. »Entschuldigen Sie, dass ich hier einfach so reingeplatzt bin. Ich werde jetzt meine Mailbox abhören. Wissen Sie, dass es meiner Tante nicht so gut gehen soll, beunruhigt mich doch ein wenig. Ich würde jetzt gerne telefonieren.«

»Aber sicher doch.« Der Arzt stand auf und begleitete Fiona zur Tür. »Kann ich sonst noch etwas für Sie tun?«, fragte er, während seine Hand nach der Türklinke tastete.

Fiona schüttelte den Kopf und verabschiedete sich. »Nein, vielen Dank. Haben Sie noch einen schönen Tag.«

Draußen vor dem Haus lief Fiona zügig in Richtung Malone Road, während sich in ihrem Kopf das Gedankenkarussell zu drehen begann.

Wieso hatte Carrie ihren neuen Boss angelogen? Wie war sie nur auf eine so absurde Idee gekommen, zu erzählen, dass es ihrer Mutter nicht gut ging, und sie sich um ihren Vater in Dublin kümmern musste. In Dublin! Was war nur in sie gefahren?

Onkel Vernon und Tante Rosie lebten in Belfast, keine acht Kilometer vom Stadtzentrum entfernt. Fiona wusste, dass es beiden gut ging, denn sie hatten ihr erst vor ein paar Tagen eine Nachricht geschickt. Seit dem Jahreswechsel schipperten die beiden auf einem Kreuzfahrtschiff durch die Karibik.

Carrie hatte ihren Boss also schlichtweg angelogen. *Aber warum? Und wo um alles in der Welt steckte sie gerade?*

Fiona zückte ihr Mobiltelefon und wählte Carries Nummer. Wieder ging nur der Anrufbeantworter ran. Das konnte doch alles nicht wahr sein. *Was war nur passiert?*

Gedanklich ging Fiona noch einmal jede noch so kleine Einzelheit der vergangenen Tage durch. Irgendetwas musste sie übersehen haben. Nur was?

Nach dem Klassentreffen hatte Carrie Fiona bei Conor zu Hause abgesetzt und war mit dem Taxi zurück zu dem Hotel gefahren, in dem das Klassentreffen stattgefunden hatte. Carrie hatte Fiona erzählt, dass sie in der Eile, in der sie Kimberly ins Taxi verfrachtet hatten, ihre Tasche dort vergessen hatte. Daher hatte sie zurückfahren und sie holen wollen.

Vielleicht sollte Fiona dort ansetzen und zum Hotel fahren. Immerhin war dies der Zeitpunkt gewesen, an dem sie ihre Cousine das letzte Mal gesehen hatte.

***

»Hi Babe. Was gibt's?« Conor klang ein wenig aus der Puste, als er ans Telefon ging.

»Wo bist du?«, fragte Fiona irritiert. Es wunderte sie, dass er so keuchte, immerhin hatte er erst im Herbst am Belfast Marathon teilgenommen. Seine Kondition müsste deutlich besser sein.

»Auf dem Weg zu Codie Madisons Praxis. Leider sind die Fahrstühle ausgefallen, und ich habe das Gefühl, ich würde den Mount Everest besteigen. Kevin Peterson hat schon im vierten Stock pausiert, nachdem wir aus der Tiefgarage gekommen waren. Aber ich bin jetzt nur noch ein Stockwerk von den Praxisräumen entfernt und habe mir vorgenommen, durchzuhalten.« Conor schnaufte noch einmal kräftig, hielt dann aber inne. »Und? Hast du Carrie gefunden?«

»Nein. Sie hat unbezahlten Urlaub genommen, hat mir ihr Boss erzählt. Sie hat ihren Chef angelogen und erzählt, dass ihre Mutter krank sei und sie deshalb zu ihrem Vater nach Dublin müsse. Nach Dublin! Kannst du dir das vorstellen?« Fiona schüttelte immer noch mit dem Kopf. Carrie war zwar ein verrücktes Huhn, aber sie würde niemals unnötig ihren Job riskieren.

»Um ehrlich zu sein, klingt das tatsächlich merkwürdig. Wann hat sie sich denn Urlaub genommen?«

»Das ist es ja. Doc McAllister meinte, sie hätte sich bereits gestern Morgen bei ihm gemeldet. Aber sie hat nicht angerufen, sondern lediglich eine E-Mail geschickt.« Fiona stoppte und griff sich an die Stirn. »Conor, da stimmt was nicht. Ich hab kein gutes Gefühl bei der Sache.«

»Hm.« Als würde Conor ihr zustimmen, schwieg er am anderen Ende der Leitung eine Weile. »Das sehe ich genauso.«

»Was machen wir denn jetzt?« Fiona klang verzweifelt.

»Fi, ich habe auf dem Revier schon gecheckt, ob es ungeklärte Todesfälle gegeben hat. In den vergangenen zweiundsiebzig Stunden ist niemand in ein Krankenhaus eingeliefert worden oder in einen Unfall verwickelt gewesen, dessen Identität nicht geklärt werden konnte. Insofern bin ich mir ziemlich sicher, dass Carrie noch am Leben ist. Was ein gutes Zeichen ist. Tu mir einen Gefallen und fahre nach Hause. Wenn ich bei Codie Madison fertig bin, mache ich Feierabend und dann überlegen wir uns gemeinsam, wie wir Carrie finden können.«

Fiona nickte stumm. »Nach dem Klassentreffen ist sie noch einmal ins Hotel gefahren, um ihre Tasche zu holen. Ich denke, ich werde dort mal nachfragen. Wenn sie dort angekommen ist, haben wir vielleicht neue Hinweise auf ihren Verbleib.«

»Gut, mach das. Wir sehen uns dann zu Hause«, sagte
Conor. »Aber, Fi, versprich mir, dass du keine Allein-
gänge unternehmen wirst.«

»Versprochen.«

***

Das Hotel Europa lag in der Innenstadt von Belfast, in
der Nähe des Grand Opera Houses und gegenüber von
Robinson's Bars, wo Conor und Fiona noch vor ein paar
Tagen glücklich ins neue Jahr gefeiert hatten. Wie hatte
sich ihr Leben seitdem nur verändert?

Durch eine messingfarbene Drehtür gelangte sie in
die Hotellobby des modernen Viersternehotels. Langsam schritt sie über den hellen Marmorboden zur Rezeption, hinter der sofort eine Mitarbeiterin in Hotel-
uniform und mit schwarz gelockten Haaren den Kopf
hob und sie freundlich begrüßte.

»Hallo. Willkommen im Hotel Europa. Was kann ich
für Sie tun?«, fragte sie und lächelte.

»Hallo. Mein Name ist Fiona Fitzgerald. Vor ein paar
Tagen war ich Teilnehmerin des Klassentreffens im
Ulster Saal. Dazu habe ich eine Frage«, begann Fiona, in
der Hoffnung, dass die Dame ihr wirklich weiterhelfen
konnte.

»Schießen Sie los«, forderte die Frau sie auf, woraufhin Fiona zu erzählen begann.

»Hm, dazu kann ich Ihnen leider keine Auskunft geben. Es sei denn, Sie sind von der Polizei«, sagte die Re-
zeptionistin, nachdem Fiona fertig erzählt hatte.

»Aber meine Cousine ist verschwunden«, wiederholte
Fiona noch einmal mit Nachdruck. »Haben Sie denn

keine Kameraaufzeichnungen? Die Lobby wird doch bestimmt videoüberwacht.«

»Natürlich, aber wie ich Ihnen schon sagte, kann ich Ihnen dazu nichts sagen. Ich kann Sie nicht einfach in unsere Aufzeichnungen sehen lassen. Das müssen Sie verstehen. Außerdem hatte ich an diesem Abend frei und mein Kollege kommt erst zur Spätschicht wieder. Es tut mir leid.« Die Mitarbeiterin sah Fiona entschuldigend an und bat sie dann, zur Seite zu treten, damit die anderen Gäste bedient werden konnten.

Fiona machte ein paar Schritte rückwärts und setzte sich in die Piano Lobby, wo ein Klavierspieler gerade leise irgendetwas von Chopin spielte. Sie nahm ihr Handy aus der Tasche und schrieb Conor eine Nachricht. Er musste dringend zu ihr ins Hotel kommen.

KAPITEL 6

Es dauerte keine zwanzig Minuten, bis Conor im Hotel auftauchte. Fiona wunderte sich, dass er allein gekommen war. Von Kevin Peterson war weit und breit nichts zu sehen.

»Hi«, sagte Conor und gab ihr einen flüchtigen Kuss auf die Stirn. »Sorry, aber ich musste zuerst die Sache mit Codie Madison zu Ende bringen.«

»Was für eine Sache?«, fragte Fiona interessiert.

»Ach, wir waren vorhin noch draußen in Holywood und haben mit dem Golflehrer gesprochen. Ein komischer Kauz, sag ich dir. Sehr von sich eingenommen und uns gegenüber ganz offensichtlich nicht ehrlich. Irgendetwas verheimlicht er uns, aber im Moment weiß ich noch nicht, was.« Conor fuhr sich mit der Hand durch die verwuschelten Haare.

»Und was hat Codie damit zu tun?«

»Erinnerst du dich daran, dass Codie Madison sich mit Jeremy Jones treffen wollte, dieser aber nicht aufgetaucht ist?«, fragte er.

Fiona nickte.

»Jeremy Jones behauptet, es war genau andersherum. Er hätte im Clubhouse auf Codie gewartet, und dieser hätte ihn versetzt.«

»Immerhin hatten die beiden eine Verabredung. Es ist nur die Frage, wer von beiden lügt«, sagte Fiona trocken. So wie sie Codie einschätzte, traute sie ihm definitiv zu, Conor angelogen zu haben. »Aus diesem Grund sind wir anschließend zu Madison in die Praxis gefahren, aber er steckte gerade mitten in einer OP. Weiß der Teufel, wem er jetzt wieder die Brüste vergrößern musste.« Conor lachte und hob die Augenbrauen. »Auf jeden Fall ist Kevin Peterson vor Ort geblieben, während ich jetzt hier zu dir geeilt bin. Wäre doch gelacht, wenn wir die Videoaufzeichnung nicht zu Gesicht bekommen würden.« Conor zwinkerte Fiona zu, die sich in seiner Gegenwart augenblicklich weniger hilflos und viel besser fühlte. »Wollen wir?«

***

Conor gegenüber zeigte sich die Mitarbeiterin an der Rezeption deutlich kooperativer, als sie es vorhin gegenüber Fiona getan hatte. Natürlich hatte Conor sich vorschriftsmäßig ausgewiesen und direkt nach dem Geschäftsführer verlangt, der nur wenige Minuten später an der Rezeption erschienen war.

»Oh, Gott, das ist ja furchtbar«, sagte dieser und öffnete die Tür zu seinem Büro. Fiona und Conor folgten ihm. »Ich werde das Band und den fraglichen Zeitpunkt sofort heraussuchen. Wann sagten Sie, war die Feier?«

»Vor vier Tagen. Meine Cousine hat mich gegen dreiundzwanzig Uhr bei mir zu Hause abgesetzt und ist daraufhin noch mal zurück zum Hotel gefahren, um ihre Tasche zu holen. Es muss also etwa gegen halb zwölf gewesen sein.« Fiona schielte auf den Computerbildschirm des Geschäftsführers, auf dem jede Menge Dateien der Videoaufzeichnungen chronologisch angeordnet zu sehen waren.

»Schauen wir uns doch den Zeitraum ab dreiundzwanzig Uhr an. Wenn Ihre Cousine im Hotel war, finden wir sie auf diesen Aufnahmen. Seien Sie ganz unbesorgt.« Der grauhaarige Mann lächelte Fiona aufmunternd zu und überließ Conor dann den Bildschirm,

67

der sich sofort davorsetzte und die Wiedergabe startete.

Es dauerte nicht lange und Carrie huschte am unteren Rand der Aufzeichnung durch das Bild.

»Da, da ist sie!«, rief Fiona aufgeregt und zeigte auf die zierliche Frau auf dem Bildschirm, die durch die Lobby huschte. »Sie ist also tatsächlich noch einmal hier gewesen.« Sie wirkte erleichtert, auch wenn das noch gar nichts bewies.

Conor nickte und sah weiter auf den Bildschirm, als hoffe er, noch weitere Hinweise darauf zu entdecken. Zunächst passierte nichts weiter, außer dass einige Gäste kamen und gingen. Aber dann öffnete sich die Tür zum Ulster Saal erneut und Carrie trat hinaus. Doch sie war nicht allein.

»Das glaub ich jetzt nicht!« Fiona rieb sich die Augen. Das, was sie auf dem Bildschirm sah, war absolut unmöglich. »Siehst du das auch?«, fragte sie fassungslos und atmete erst aus, als Conor ihr zustimmte.

»Wer hätte das gedacht?«, sagte er und lächelte süffisant, während Carrie auf dem Video in einem der Aufzüge verschwand.

***

Codie Madison stand am offenen Fenster in seinem Büro und blickte hinunter auf die Straße.

»Meinen Sie denn, ich mache mir keine Sorgen?«, fragte er und klang zunehmend gereizter. Er hatte keinen Hehl daraus gemacht, wie er es fand, dass ihn Kevin Peterson direkt nach seiner OP abgefangen und befragt hatte. Dass kurz darauf auch noch DCI Conor

Brennan und Fiona in seiner Praxis aufgetaucht waren, passte ihm erst recht nicht.

»Wo ist Carrie?«, fragte Fiona und stellte sich dicht neben den einstigen Schulschönling.

Codie zuckte mit den Schultern. »Ich weiß es nicht, verdammt noch mal«, fluchte er und fuhr sich mit der Hand über das Gesicht. »Ich habe sie seit dem Klassentreffen nicht mehr gesehen. Ursprünglich waren wir für gestern Morgen zum Brunch verabredet gewesen, aber sie hat sich nicht bei mir gemeldet, so wie es eigentlich abgemacht gewesen war. Ich habe mir ehrlich gesagt zunächst nichts dabei gedacht. Vielleicht war es ihr unangenehm, mit mir gesehen zu werden, nachdem Kimberly ...« Er machte eine kurze Pause und atmete tief durch. Carries Verschwinden schien ihn beinahe mehr mitzunehmen als der Tod seiner eigenen Ehefrau.

»Also noch mal von vorne.« Conor setzte sich auf die schwarze Ledercouch in Codies Büro, nahm sich einen der grünen Äpfel aus dem Obstkorb und biss beherzt hinein. »Nachdem Carrie Ihre Frau nach Hause gebracht und Fiona abgesetzt hat, ist sie ins Hotel Europa zurückgekehrt, um mit Ihnen die Nacht zu verbringen. Richtig?«

Codie nickte.

»War das eine einmalige Sache? Ein One-Night-Stand? Oder ...?«

»Muss ich das jetzt wirklich sagen? Ich meine ... vor *ihr*?« Codie zeigte auf Fiona, die zusammenzuckte und zurückwich.

»Das ist gerade deine größte Sorge? Ehrlich, Codie, spinnst du? Mir ist es doch egal, wie oft du mit Carrie ins Bett gehüpft bist. Ich möchte einfach nur wissen, wo sie ist und ob es ihr gut geht.« Fiona zeigte Codie Madison den Vogel und stellte sich dann auf die gegenüberliegende Seite seines Büros.

»Es war nicht nur eine einmalige Sache. Wir beide hatten eine Affäre … schon länger.«

»Wie lange?«

»Ein knappes halbes Jahr«, antwortete Codie. Von seinem überdimensionalen Selbstbewusstsein war mittlerweile nicht mehr viel übrig geblieben. Vielmehr sah er tatsächlich besorgt aus. Konnte es sein, dass ihn Carries Verschwinden wirklich nicht kalt ließ?

»Seit einem halben Jahr? Das kann nicht sein. Im Sommer …« Fionas Augen weiteten sich, als sie begriff, dass Carrie damals gar keine Affäre mit ihrem damaligen Chef, sondern mit Codie Madison begonnen hatte. Deshalb hatte sie also so beharrlich geschwiegen, als Fiona sie darauf angesprochen hatte. Es schien so, als habe ihre Cousine viel mehr Geheimnisse gehabt, als Fiona geahnt hatte.

»*Du* warst ihre heimliche Affäre? Du warst der Grund, warum sie ihren Arbeitsplatz wechseln musste?«, fragte sie ungläubig.

»Wir sind uns auf einem Sommerfest der Ärztekammer nähergekommen. Ich hab sie zwischendurch schon immer mal im Treppenhaus oder im Aufzug gesehen, wenn sie zur Arbeit ging. Ihr ehemaliger Boss hat seine Praxis zwei Stockwerke unter meiner. Damals ist sie mir gar nicht so sehr aufgefallen, aber auf dem Sommerfest … da hat sie mich einfach umgehauen. Ihr Aussehen, ihr Wesen, ihre ganze Art«, erzählte Codie und geriet ins Schwärmen.

»Tz, als ob du bei Frauen auf das Wesen achtest«, meinte Fiona abfällig, doch Conor sah sie strafend an und bat sie, ihre persönlichen Empfindungen zurückzuhalten. »Okay«, antwortete sie kleinlaut.

»Uns beiden war bewusst, dass unsere Affäre keine Zukunft hatte, doch es war schwer, weil wir uns in diesem Gebäude immer wieder über den Weg gelaufen waren. Es war ihre Idee, den Job zu wechseln, um mir aus dem Weg gehen zu können. Also habe ich mich umgehört, und ihr die Stelle bei Doc McAllister besorgt. Gott, es war so naiv von uns zu denken, dass wir allein dadurch, die Finger voneinander lassen könnten ...« Er neigte den Kopf und kaute auf seiner Unterlippe.

»Sie haben Ihre Affäre also nicht beendet?«, fragte Kevin Peterson trocken.

»Nein.« Codie schwieg eine ganze Weile, als würde er darüber nachdenken, was er als Nächstes sagen sollte. Er löste sich vom Fenster, streifte rastlos durch den Raum und setzte sich schließlich zu Conor auf die Sofaecke. »An diesem Abend habe ich Carrie gebeten, Kimberly nach Hause zu begleiten. Diese war bereits zu betrunken, und ich fürchtete, sie könnte hinter unser Geheimnis kommen. In der Hinsicht war sie ziemlich scharfsinnig, müssen Sie wissen.« Ein Lächeln huschte über sein Gesicht.

»Sie hatte wahrscheinlich jahrelange Erfahrung darin«, entfuhr es Fiona, die sofort entschuldigend die Hände hob. »Sorry.«

»Ich bat Carrie zurückzukommen, sobald sie die beiden Ladys abgesetzt hatte. Immerhin hatte ich für uns eine Suite reserviert. Die sollte nicht ungenutzt bleiben, wenn Sie verstehen, was ich meine.« Codie zwinkerte den beiden Männern zu und vermied es peinlichst genau, Fiona in die Augen zu schauen.

Sie schüttelte sich bei dem Gedanken daran, dass ausgerechnet Codie Madison, der Mann, der schon seit der Schulzeit einen so unglaublich hohen Frauenverschleiß gehabt hatte, ein Verhältnis mit ihrer Cousine gehabt hatte. War Carrie denn von allen guten Geistern verlassen gewesen? Warum hatte sie sich nur auf ihn eingelassen?

Fiona betrachtete Codie genauer. Er war doch gar nicht Carries Typ. Zumindest hatte sie dies immer angenommen. Er war viel zu muskulös, seine Haare waren raspelkurz und um seinen Hals baumelte ein Goldkettchen. Würde man ihn sehen, wäre man nie und nimmer auf die Idee gekommen, er könnte Schönheitschirurg sein. Bodybuilder oder Türsteher hätten besser zu ihm gepasst, dachte Fiona und erwischte sich dabei, dass sie nicht frei von Vorurteilen war.

Carrie war nicht müde geworden zu betonen, wie sehr sie Männer wie Codie, die ihre Ehefrauen betrügen und hintergehen, verabscheute. Vielleicht hatte sie es ein wenig zu oft gesagt, dachte Fiona. Womöglich nur, um von ihrer Schwärmerei für Codie abzulenken.

»Was ist dann passiert?«, fragte Conor und legte seinen Apfel beiseite.

»Wollen Sie etwa Details wissen?« Codie hob provozierend eine Augenbraue.

»Ersparen Sie uns diese bitte«, antwortete Conor trocken. »Verraten Sie uns lieber, was geschehen ist, nachdem Sie die Suite verlassen haben.«

»Wir haben uns ein Taxi genommen, und ich habe Carrie vor ihrer Wohnung abgesetzt. Dann bin ich nach

Hause gefahren, wo Kimberly bereits auf mich gewartet hat. Sie hat eine furchtbare Szene gemacht und mir vorgeworfen, dass ich sie betrügen würde. Das war nichts Neues, wir haben uns ständig gestritten, wenn nicht sogar täglich. Unsere Ehe war wirklich am Ende. Das wurde mir an diesem Morgen mal wieder bewusst.« In Erinnerung an den Streit, schloss Codie die Augen.

»Und dann?«

»Kimberly ist joggen gegangen und hat gesagt, dass sie am Nachmittag Teebesuch bekommen würde. Sie hat mir allerdings nicht erzählt, dass es sich dabei um Fiona und Carrie handelte. Ich habe mir nichts weiter dabei gedacht, bin unter die Dusche gesprungen und dann zur Arbeit gefahren«, erzählte Codie Madison.

Zum ersten Mal klang er wirklich glaubwürdig, dachte Fiona.

»Sie sagten, dass Ihnen bewusst wurde, dass Ihre Ehe am Ende sei. Haben Sie mit dem Gedanken gespielt, sich scheiden zu lassen?«, wollte Kevin Peterson wissen.

»Mit dem Gedanken habe ich schon öfter gespielt. Wissen Sie, das Leben mit Kimberly war nicht leicht. Sie konnte verdammt anstrengend und exzentrisch sein. Aber wir haben uns immer wieder zusammengerauft. Doch dieses Mal war es anders.«

»Was war anders?«

»Vielleicht lag es an Carrie und an der Tatsache, dass ich sie wirklich sehr mag ... Sie finden sie doch, oder?« Er runzelte die Stirn und schaute besorgt in Conors Richtung.

»Wir tun, was wir können«, antwortete er und suchte Fionas Blick, die sich bei dem Gedanken an Carries Verschwinden größte Mühe gab, nicht in Tränen auszubrechen.

»Was hatte es mit dem Treffen mit Jeremy Jones auf sich, zu dem es nicht gekommen ist? Mr Jones hat uns gesagt, dass Sie nicht im Clubhouse erschienen sind.« Kevin Peterson hatte das Gespräch lange Zeit stumm verfolgt und übernahm nun wieder einen aktiveren Part. Vermutlich gab es eine Vereinbarung zwischen Conor und ihm, wer sich um was kümmerte, dachte Fiona und hörte weiter gespannt zu. Es war das erste Mal, dass Conor sie so aktiv in einen Fall mit einbezog. Es war absolut ungewöhnlich und am Rande des Erlaubten, und es wunderte sie, dass er so viel ihretwegen riskierte.

»Das stimmt nicht. Ich bin dort gewesen!«, sagte Codie barsch, stand auf und ging zu seinem Schreibtisch hinüber. Er kramte in seiner Tasche herum, kehrte mit einem Zettel in der Hand zurück und reichte ihn Conor. »Sehen Sie! Ich bin im Clubhouse gewesen. Ich habe sogar einen Kaffee dort getrunken und eine Kleinigkeit gegessen. Aber sagen Sie niemanden, dass ich es als Arbeitsessen abrechnen wollte.« Codie zwinkerte den beiden Inspectors zu.

»Keine Angst, wir sind von der Polizei, nicht von der Steuerfahndung.« Kevin Peterson schüttelte den Kopf, als könne er nicht glauben, dass Codie Madison wirklich vorhatte, den Staat zu betrügen. »Aber wenn der Beleg echt ist, und Sie ihn sich nicht anderweitig besorgt haben, hat Jeremy Jones offensichtlich gelogen.«

»So ist es!« Codie verschränkte die Arme vor der Brust. »Ihm sollten Sie mal besser auf den Zahn fühlen.«

»Wir gehen jedem Hinweis nach, Mr. Madison. In dieser Hinsicht können Sie sich auf uns verlassen.« Conor war aufgestanden und ging durch den Raum. Ein Bild auf dem Schreibtisch hatte seine Aufmerksamkeit erregt. Er nahm es in die Hand und betrachtete es aufmerksam. »Wann ist dieses Bild gemacht worden?«

Codie tat überrascht. »Daran kann ich mich nicht erinnern. Warum?«

»Weil es Carrie und Sie zeigt, und wenn ich mich nicht täusche, ist im Hintergrund auch Ihre Frau zu sehen.« Conor zeigte auf die Blondine, die etwas abseits stand und das Paar im Vordergrund argwöhnisch betrachtete.

»Ach, das ist mir gar nicht aufgefallen.« Codie nahm das Bild in die Hand und betrachtete es genauer, vielleicht sogar ein wenig erschrocken. War er wirklich davon ausgegangen, dass Kimberly nichts von seiner Affäre mit Carrie geahnt hatte?

»Ja, das ist Kimberly ... m-meinen Sie, Kimberly könnte doch etwas geahnt haben?«

Conor zuckte mit den Achseln. »Keine Ahnung. Sagen Sie es mir. Erzählen Sie uns endlich die Wahrheit. Immerhin geht es hier nicht um eine Lappalie. Ihre Frau ist tot und mit hoher Wahrscheinlichkeit ist sie keines natürlichen Todes gestorben. Doch damit nicht genug. Ihre Geliebte ist spurlos verschwunden, und wenn ich ehrlich sein soll, bin ich mir nicht sicher, ob Sie nicht doch irgendwie in der ganzen Sache mit drinhängen, Sir.«

Codie zuckte zusammen, während Conor mit ihm sprach. Unruhig trat er von einem Bein aufs andere, wie ein kleiner Junge, der dringend auf die Toilette musste.

Fiona kniff die Augen zusammen und dachte nach. Sie hatte das Gefühl, dass sie kein Stück weitergekommen waren. Sie drehten sich seit Tagen nur im Kreis.

Nachdem sie das Videomaterial im Hotel Europa gesichtet hatten und zu Codie gefahren waren, hatte sie zuerst gehofft, dass sich zumindest Carries Verschwinden schnell aufklären würde. Doch je länger dieses Gespräch dauerte, desto bewusster wurde ihr, dass in diesem Fall niemand mit offenen Karten spielte. Es gab so viele Unbekannte, dass ihr der Kopf schwirrte. Resigniert ging sie zu einem der Sessel hinüber, setzte sich und sank in sich zusammen.

»Fi? Alles in Ordnung?« Conor war nicht entgangen, wie mitgenommen Fiona durch die Ereignisse war.

»Nein«, antwortete sie. »Wir müssen Carrie finden. Ich habe ein ganz schlechtes Gefühl bei der ganzen Sache. Wo steckt sie nur?«

KAPITEL 7

Als Carrie aufwachte, war um sie herum alles dunkel. Sie konnte weder die Hand vor Augen sehen, noch konnte sie sich daran erinnern, was mit ihr geschehen war. *Wo zum Teufel war sie?* Aufgrund der Fesseln an ihren Händen und Füßen, durchzog ein gleichmäßiger, schneidender Schmerz ihren Körper, während ihr der Knebel in ihrem Mund das Atmen erschwerte. Wenn sie doch wenigstens etwas sehen könnte, dachte sie und schniefte leise vor sich hin.

Normalerweise war sie nicht der Typ Frau, der leicht in Tränen ausbrach. Im Grunde genommen weinte sie so gut wie nie. Doch diese aussichtslose Situation, in die sie hineingeraten war, brachte sie emotional so sehr an ihre Grenzen, dass sie keine Kraft hatte, die Tränen noch länger zurückzuhalten. Auch wenn sie rational genug denken konnte, um zu wissen, dass die Tränen nichts an ihrer Lage ändern würden. Wahrscheinlich würde sie durch das Weinen nur noch mehr geschwächt werden, als sie es eh schon war.

Wie lange mochte man sie schon hier gefangen halten? Sie konnte sich kaum daran erinnern, wann sie das erste Mal in dieser Dunkelheit, die sie nahezu dauerhaft umgab, aufgewacht war. Am Anfang hatte sie noch versucht, die Minuten und Stunden zu zählen, um eine Art Zeitgefühl zu behalten, aber irgendwann war sie schlichtweg eingeschlafen, und als sie wieder aufgewacht war, hatte sie jegliches Zeitgefühl bereits verloren.

Stattdessen hatte sie versucht, sich an den wenigen Dingen zu orientieren, die sie um sich herum wahrnehmen konnte. Da war zum einen dieser modrige, muffige Geruch, der sie ständig umgab, und zum anderen die feuchte, kalte Luft, die sie die ganze Zeit über entsetzlich frieren ließ.

Wie so oft in den vergangenen Stunden – *oder waren bereits Tage vergangen?* – rieb sie ihre Hände und Beine aneinander, in der Hoffnung, dass sich die Fesseln lockern oder sogar lösen würden. Aber es tat sich nichts, außer dass sie sich an den betroffenen Stellen nur noch wunder scheuerte.

Was war nur passiert?

Krampfhaft versuchte sie, sich an das zu erinnern, was geschehen war, bevor es vor ihren Augen dunkel geworden war. Hatte sie einen Schlag auf den Hinterkopf bekommen? Nein, das konnte nicht sein. Wenn es so gewesen wäre, müsste sie doch höllische Kopfschmerzen haben, oder?

Ihr Rücken schmerzte. Unzählige Stunden lag sie bereits in einer nahezu unveränderten Position auf einer durchgelegenen Matratze. Ihr Mund war staubtrocken. Sie musste seit einer Ewigkeit nichts mehr getrunken haben. Panik machte sich erneut in ihr breit. Sie wusste, dass ein Mensch ohne Flüssigkeit nicht lange überleben konnte. Wann hatte sie das letzte Mal etwas getrunken? Warum zum Teufel konnte sie sich nicht daran erinnern?

Plötzlich vernahm sie ein Rütteln und Quietschen. Sie hörte, wie sich eine Tür öffnete und sich Schritte näherten.

»Ich werde dir jetzt den Knebel aus dem Mund nehmen, damit du etwas essen und trinken kannst. Im Gegenzug versprichst du mir, nicht zu schreien. Solltest du es dennoch wagen, werde ich dich töten«, sagte eine verzerrte Computerstimme, von der Carrie nicht sagen konnte, ob es sich dabei um einen Mann oder eine Frau handelte. »Verstanden?«

Carrie nickte.

Kurz darauf wurde der Knebel gelockert. Sie öffnete den Mund weit und schloss ihn wieder, dann schob sie ihren Kiefer nach links und rechts, um die verspannte Muskulatur zu lockern.

»Trink«, befahl ihr die Stimme und wenig später spürte sie eine Art Strohhalm zwischen ihren Lippen. Sie saugte die Flüssigkeit in sich hinein, als wäre es das Einzige, was sie am Leben erhielt. In gewisser Weise war es das ja auch, schoss es Carrie durch den Kopf, und sie hätte schon wieder weinen können.

»W-warum ich?«, stammelte sie in der Hoffnung, es könnte das Herz ihres Entführers erweichen, obwohl sie innerlich wusste, dass es wahrscheinlich keinen Sinn hatte. Aber es war die einzige Chance und die einzige Hoffnung, die sie noch hatte.

»Sei still«, zischte die Stimme so furchteinflößend, dass Carrie postwendend erschauderte. »Iss lieber!«

Die Gestalt half ihr, in eine aufrechte Position zu kommen, sodass sie nun gegen eine eiskalte Steinwand gelehnt dasaß. Ihr wurde ein trockenes Stück Brot gereicht, von dem sie irritiert abbiss, als es ihr in den Mund gestopft wurde, außerdem bemerkte sie, wie ihr Gegenüber ihr mit einem Löffel eine Art Suppe einflößte.

Zu Carries Überraschung schmeckten sowohl die Suppe als auch das Brot köstlich. Beides schien relativ frisch zubereitet worden zu sein. Wer auch immer sie hier gefangen hielt, schien Wert daraufzulegen, dass sie zumindest gut versorgt wurde, was die Situation nur noch absurder machte, wie sie fand.

Nachdem sie fertig gefüttert worden war, erhob sich ihr Gegenüber. Schemenhaft nahm sie in der Dunkelheit dessen Bewegungen wahr. Sie waren langsam und beinahe vorsichtig, darauf bedacht, keinen Fehler zu machen, um nicht zu viel über seine Identität preiszugeben.

»Und jetzt schlaf«, sagte die Stimme, flößte ihr erneut etwas von der salzigen Flüssigkeit ein und stand auf.

Kurz darauf schlief Carrie ein.

KAPITEL 8

Fiona kam nicht darüber hinweg, dass Carrie tatsächlich eine Affäre mit Codie Madison hatte. War sie denn von allen guten Geistern verlassen gewesen, dass sie sich auf einen schmierigen Kerl wie ihn eingelassen hatte? Carries Männergeschmack war für Fionas Empfinden schon immer etwas speziell gewesen, aber Codie Madison?

»Was ist? Warum schüttelst du dich?« Conor saß mit ihr am Frühstückstisch und sah sie belustigt an.

»Ach, es ist nur Carrie ... kannst du dir vorstellen, dass sie tatsächlich mit Codie ...?« Fiona schüttelte sich erneut.

»Vielleicht hat er seine Qualitäten«, antwortete Conor und zwinkerte ihr zu.

»Hör bloß auf! Daran möchte ich nun wirklich nicht denken.« Fiona verdrehte die Augen und stocherte in ihrem Rührei herum.

»Hm«, meinte Conor und checkte die E-Mails auf dem Laptop. Er runzelte die Stirn und legte den Kopf schief, während er eine E-Mail nach der anderen durchlas. Plötzlich stoppte er. »Ah, endlich!«

»Alles okay?« Fiona sah auf und betrachtete ihn. Er war so ins Lesen vertieft, dass er gar nicht bemerkt hatte, dass ihm seine Lesebrille halb von der Nase gerutscht war. Er sah aus wie ein verrückter Professor. Ein liebenswerter, zerstreuter Professor, dachte Fiona und lächelte verliebt.

»Hm, was hast du gesagt?« Als Conor zu Ende gelesen hatte, blickte er auf.

»Hast du etwas Interessantes bekommen?« Fiona versuchte, nicht allzu neugierig zu klingen. Conor hatte sich stets davor gesträubt, ihr etwas von seinen Ermittlungen zu erzählen. Sie hatten oft darüber gestritten, obwohl er wusste, dass Fiona eine ausgesprochen gute Spürnase besaß und nur zu gern als Hobbydetektivin unterwegs war. Dass er sie dieses Mal mit einbezog, fand sie großartig. Sie wollte daher das Vertrauen, das er in sie setzte, auf keinen Fall missbrauchen.

»Die endgültigen Obduktionsergebnisse sind eingetroffen.« Conor setzte die Brille ab und rieb sich mit dem Finger über das rechte Auge.

»Und?«

»Kimberly ist tatsächlich ermordet worden.«

»Das ist jetzt aber keine Überraschung für dich, oder?« Fiona wusste, dass Conor und Kevin bereits in Richtung Mord ermittelt hatten, obwohl das endgültige Ergebnis noch ausgestanden hatte.

»Nein, ist es nicht. Trotzdem wäre es schöner gewesen, Kimberly hätte einfach einen Herzinfarkt gehabt. Es hätte uns eine Menge Arbeit erspart, und ich hätte mehr Zeit für dich gehabt, bevor du zurück nach Portrush fährst.« Er fuhr sich mit der Hand durch das Haar, stand auf und stellte sich neben Fiona. Mit seinem Finger fuhr er sanft die Konturen ihrer Wange nach und küsste sie zärtlich auf die Stirn. »Ich mach mich jetzt mal fertig.«

Mord. Ausgerechnet Mord. Conor hatte recht gehabt. Es wäre für alle viel einfacher gewesen, wenn Kimberly einfach umgefallen wäre, weil sie ein schwaches Herz gehabt hatte. Doch jetzt ging die Arbeit für ihren

Freund und Kevin Peterson erst so richtig los. Trotzdem hielt sich Fionas Mitleid für die beiden Inspectors in Grenzen. Immerhin war es ihr Job, und sie verdienten ihren Lebensunterhalt damit.

Sie lauschte dem Rauschen der Dusche, das aus dem Badezimmer zu ihr in die Küche drang, und lehnte sich zurück. Sie liebte die Morgen mit Conor und hatte sich bereits so sehr daran gewöhnt, dass sie es gar nicht mehr abwarten konnte, dass er endlich zu ihr nach Portrush zog. Zumindest hatten sie das geplant, bevor er zum Detective Chief Inspector befördert worden war. Seitdem hatten sie kaum noch darüber gesprochen. *Hoffentlich hatte er die Umzugspläne nicht auf Eis gelegt.*

Fiona schob diesen Gedanken beiseite. Es gab momentan weitaus Wichtigeres, um das sie sich kümmern musste. Auch wenn sie sich natürlich nicht direkt in die Mordermittlungen einschalten konnte, so konnte ihr doch niemand verbieten, nach ihrer Cousine zu suchen.

Und Carries Verschwinden lag ihr wirklich schwer im Magen. Wo mochte sie nur stecken?

Als sie gestern Nachmittag Codie Madison mit Carries Verschwinden konfrontiert hatten, war er ziemlich überrascht, wenn nicht sogar geschockt gewesen. Fiona konnte sich natürlich auch irren, doch sie hätte schwören können, dass sie in seinen Augen so etwas wie Besorgnis erkannt hatte.

Vielleicht mochte Codie sie ja wirklich. Sie wollte ihm diese Gefühle auf gar keinen Fall streitig machen, auch wenn es ihr schwerfiel, sich vorzustellen, dass Codie für jemand anderen außer für sich selbst so etwas wie

Liebe empfinden konnte. Selten war ihr ein Mensch begegnet, der so narzisstisch veranlagt war, wie er.

»Ich sehe, du grübelst schon wieder.« Frischgeduscht und nur mit einem Handtuch um die Hüften gewickelt, lehnte Conor im Türrahmen und rubbelte sich die Haare trocken.

»Ich glaube, ich werde mir den Schlüssel zu Carries Wohnung besorgen und dort noch mal nach dem Rechten sehen. Stell dir vor, sie würde dort drinnen liegen und ...« Fiona schloss die Augen. Sie wollte sich gar nicht ausmalen, dass Carrie seit Tagen tot in ihrer Wohnung liegen könnte.

»Fi, denk bitte rational«, forderte Conor sie auf. Er war eben durch und durch Polizist. »Nachbarn haben uns doch erzählt, dass sie gesehen haben, wie Carrie nachmittags aus dem Haus gegangen ist, aber niemand hat gesehen, dass sie zurückgekommen ist. Sie kann also nicht in der Wohnung sein.«

»Trotzdem. Ich werde hingehen.« Fiona stand auf, schob sich an Conor vorbei und atmete den verführerischen Duft seines Duschgels ein. »Bist du im Bad fertig?«

»Nicht ganz, aber wenn du möchtest, kannst du trotzdem schon unter die Dusche springen. Ich sehe dir auch gern dabei zu.« Er folgte ihr ins Badezimmer und schloss die Tür hinter sich.

***

Conor hatte recht. Carries Wohnung nahe der Queen's University wirkte verwaist, als Fiona zwei Stunden später dort auftauchte. Zumindest von außen brannte kein Licht und die Vorhänge waren auch nicht zugezogen. Sie war bereits vor zwei Tagen schon mal hier gewesen, hatte an der Tür geklingelt und war wieder gegangen, als niemand geöffnet hatte. Im Treppenhaus war sie dann auf Grace Mitchell, Carries Nachbarin, gestoßen, die ihr glaubhaft versichert hatte, dass sie Carrie das letzte Mal am Nachmittag vor zwei Tagen gesehen hatte.

Fiona steckte den Schlüssel, den sie sich von Grace Mitchell besorgt hatte, ins Schloss und drehte ihn um. Als sie die Tür öffnete, blieb ihr für einen Moment die Luft weg, so angespannt war sie. Sie schob vorsichtig ihre Nase durch die Tür und roch, weil sie gehört hatte, dass Tote, die bereits längere Zeit irgendwo lagen, einen ganz besonderen, süßlichen Geruch absondern. Doch sie konnte nichts Außergewöhnliches riechen. Nichts außer … sie hielt in ihrer Bewegung inne, als sie hörte, wie im Wohnzimmer etwas zu Boden fiel. Sie folgte vorsichtig dem Duft des herben Aftershaves, der die Luft im Flur erfüllte, und zuckte zusammen, als hinter dem Milchglas der Wohnzimmertür plötzlich ein Schatten auftauchte.

Instinktiv sah sie sich im Flur nach etwas um, mit dem sie sich bewaffnen konnte. Doch außer einem Schuhlöffel und der Tischlampe konnte sie nichts Greifbares finden. Sie entschied sich schließlich für den Schuhlöffel und wunderte sich gleichzeitig darüber, dass Carrie überhaupt so ein Ding besaß.

Langsam bewegte sie sich vorwärts, während der Schatten hinter dem Milchglas immer größer wurde. *Oh Gott, kam er etwa auf sie zu?*

Sie ging in Position und machte sich auf das Schlimmste gefasst, als die Tür sich einen Spaltbreit öffnete. Als eine Hand an der Zarge auftauchte, zögerte Fiona nicht lange und schlug zu.

»Autsch! Was zum Teufel ...?«

Der Schrei des Mannes, der auf Fionas Schlag folgte, ging ihr durch Mark und Bein. Sie nutzte den Moment und stemmte sich mit voller Wucht gegen die Tür, sodass diese aufsprang und ihr unbekanntes Gegenüber rücklings auf den Boden fiel. Sie hob den Schuhlöffel, als wäre es ein Baseballschläger und stellte sich damit bedrohlich vor den Fremden, so, als würde sie jede Sekunde zuschlagen.

Es dauerte einen Moment, bis Fiona realisierte, wer dort vor ihr auf dem Boden lag.

»Sag mal, bist du irre?«, schimpfte der Mann, der sich bei näherer Betrachtung als Codie Madison entpuppte. »Was machst du hier? Und nimm endlich dieses Ding aus meinem Gesicht!« Er setzte sich auf, schob den Schuhlöffel beiseite und rieb sich den Hinterkopf.

»Das Gleiche könnte ich dich fragen. Wie bist du hier reingekommen?« Fiona legte den Schuhlöffel auf den Boden und half Codie hoch.

»Schon mal was von 'nem Schlüssel gehört? Das ist so ein kleines Ding, das man reinsteckt, um Türen zu öffnen.« Codie verzog schmerzverzerrt das Gesicht, was Fiona für übertrieben hielt, da sie bei Weitem nicht so kräftig zugeschlagen hatte, wie sie sich vorgenommen hatte.

»Du meinst so ein kleines Ding, wie in deiner Hose?« Fiona unterdrückte ein Schmunzeln.

»Ha ha.« Codie kniff die Augen zusammen und warf ihr einen bösen Blick zu.

»Nein, im Ernst. Was machst du in Carries Wohnung?« Fiona setzte sich auf die Sessellehne.

»Wie gesagt, ich habe einen Schlüssel zu ihrer Wohnung. Als ihr gestern meintet, dass sie verschwunden sei, wollte ich nachsehen, ob alles in Ordnung ist.«

»Carrie?« Warum auch immer sie ausgerechnet jetzt ihren Namen rief, war Fiona schleierhaft.

»Fiona, sie ist nicht hier.« Codie schüttelte den Kopf und sah sie an, als habe sie ihren Verstand verloren. »Ich habe in jedem Raum nachgesehen, und ich habe auch nach ihrer Reisetasche und dem Koffer gesucht, den sie dabeihatte, als wir im Herbst nach Mallorca geflogen sind.«

»Ihr seid ...« Fiona öffnete ihren Mund und sah Codie sprachlos an, während er sie mit einem breiten Grinsen betrachtete.

»Sie hat wirklich dichtgehalten, was?«

Fiona nickte.

»Dass sie selbst dir nichts gesagt hat, hätte ich nicht erwartet. Ihr erzählt euch doch sonst immer alles. Zumindest hat sie mir das gesagt.« Codie setzte sich ebenfalls und starrte aus dem Fenster.

»Ich wusste nichts davon, dass ausgerechnet du der Arzt bist, in den sie sich verliebt hat. Hätte ich das gewusst, dann ...«

»Dann hättest du ihr gesagt, sie soll mich zum Mond schießen«, vollendete Codie ihren Satz.

»Ja, vermutlich.« Fiona lachte. Es war kein Geheimnis, wie wenig sie von Codie Madison hielt. »Und?«

»Und was?«

»Ihre Koffer. Sind sie weg?«

Codie schüttelte den Kopf. »Nein, sie sind noch da. Alles ist noch da! Nicht mal ein Slip von ihr fehlt. Soweit ich das beurteilen kann natürlich.« Er zwinkerte Fiona zu und schien wieder ganz und gar der Alte zu sein.

»Was ist, wenn Kimberly wirklich herausgefunden hat, dass du sie mit Carrie betrügst?«, fragte Fiona plötzlich und drehte sich zur Seite, damit sie Codie in die Augen sehen konnte. »Meinst du, Kimberly hätte ihr etwas antun können?« Sie konnte kaum fassen, dass sie diese Frage wirklich stellte.

Sie hatte Kimberly bislang nie als gewalttätigen Menschen gesehen. Doch Conor hatte ihr einmal gesagt, dass gerade unerfüllte Liebe die Menschen zu Handlungen treiben konnte, die man nie für möglich gehalten hätte.

»Das habe ich mich auch schon gefragt«, antwortete Codie ungewohnt nachdenklich. »Aber soll ich ehrlich zu dir sein?«

Fiona nickte und sah in seine betrübten Augen.

»Ich habe keine Ahnung, Fi. Kimberly und ich haben uns in den vergangenen Jahren so weit auseinandergelebt, dass ich nicht weiß, was wirklich in ihrem Kopf vorging. Ich sage das nicht, um Mitleid zu bekommen. Ich weiß, das habe ich nicht verdient. Ich habe schließlich auch meinen Teil dazu beigetragen, dass unsere Ehe nicht funktioniert hat. Einen großen Teil sogar.« Er machte eine Pause und strich sich mit dem Finger über die Hand, die Fiona mit dem Schuhlöffel erwischt hatte.

»Tut mir leid. Hätte ich gewusst, dass du der Mann hinter der Scheibe bist …«

» … hättest du noch fester zugeschlagen.« Codie grinste und Fiona war froh, dass er ihr die Sache mit dem Schuhlöffel nicht allzu übel nahm. Er wurde wieder ernst und seufzte. »Ich mache mir große Sorgen um Carrie. Das zwischen Carrie und mir war … ist etwas ganz Besonderes. Auch wenn du mir das vielleicht nicht zutraust, aber ich würde ihr niemals etwas antun.«

»Und Kimberly? Würdest du ihr etwas antun?« Fiona sah Codie direkt in die Augen, in denen sich nun blankes Entsetzen widerspiegelte.

»Nein! Ich mag zwar ein egoistischer Mistkerl sein, wenn ich dich mal zitieren darf, aber ich bin ganz bestimmt kein Mörder. Das musst du mir glauben.« Er sah sie an und vertiefte seinen Blick, als würde das allein ausreichen, um sie zu überzeugen.

Fiona wandte sich ab. Sie wusste nicht, was sie glauben sollte. Auf der einen Seite konnte sie sich nicht vorstellen, dass Codie tatsächlich etwas mit Kimberlys Tod zu tun hatte, auf der anderen Seite waren seine Aussagen bisher äußerst widersprüchlich gewesen. Als Arzt hatte er außerdem die Möglichkeit gehabt, ihr alle möglichen Medikamente zu verabreichen, ohne dass sie etwas davon mitbekommen hätte.

»Dieser Jeremy Jones hat gesagt, dass du deiner Frau ein neues Medikament verschrieben hast. Stimmt das?« Sie sah ihn an und biss sich dann sofort auf die Lippe. Das hätte sie Codie nicht fragen dürfen. Sie wusste, dass Conor ihr diese Info im Vertrauen erzählt hatte.

»So, hat er das?« Codie klang verbittert. Es war offensichtlich, dass Jeremy Jones ein rotes Tuch für ihn war.

»Ich habe deinem Freund schon gesagt, dass er diesem Jones mal näher auf den Zahn fühlen soll. Ich habe ihr kein neues Medikament verschrieben, sondern lediglich das, was sie immer genommen hat. Ich bin kein Kardiologe und würde mir niemals anmaßen, ihr etwas zu verschreiben, was sie vielleicht nicht verträgt. Fiona, auch wenn du es dir schwer vorstellen kannst, aber als Arzt habe ich einen Eid geschworen, Menschen keinen Schaden zuzufügen.«

»Schon klar«, sagte Fiona und schwieg. Sie wusste, dass sie zu weit gegangen war.

Eine Weile sagte keiner der beiden etwas. Fiona stand auf und ging in der Wohnung umher. Sie schaute in der Küche in den Kühlschrank, der bis oben hin mit Lebensmitteln gefüllt war. Die verderblichen Sachen nahm sie heraus und warf sie in den Biomüll. Sie hatte das Gefühl, irgendetwas tun zu müssen, wenn sie nicht wahnsinnig werden wollte.

»Was machst du da?« Codie war ihr gefolgt und lehnte sich an die Küchenarbeitsplatte.

»Wonach sieht es denn aus?« Sie durchforstete weiter den Kühlschrank und griff nach einem Milchkarton. Vorsichtig öffnete sie den Verschluss und machte ein angeekeltes Gesicht.

»Igitt! Die ist abgelaufen«, sagte sie und goss die saure Milch in den Ausguss. »Das kann doch nicht ewig hier stehen. Hilf mir lieber. Wer weiß, wann Carrie zurückkommt.«

Codie ergriff Fionas Handgelenk. »Sie wird doch wiederkommen, oder?«

Fiona fuhr herum. In seinen Augen entdeckte sie die blanke Panik.

»Ich fürchte, wir müssen uns auf alles gefasst machen. Gibt es hier denn gar keinen Hinweis darauf, wo sie geblieben ist? Was sie gemacht hat, bevor sie die Wohnung verlassen hat?« Fiona schniefte und versuchte, nicht zu weinen, auch wenn sich ihre Augen bereits wieder mit Tränen gefüllt hatten. Der Gedanke daran, dass Carrie etwas zugestoßen sein könnte, machte sie komplett fertig.

Sie löste sich von Codie und schwankte zurück ins Wohnzimmer. Im Augenwinkel sah sie, wie auf dem eckigen Tisch neben der Anrichte, ein kleiner roter Punkt blinkte. Es war der Anrufbeantworter, der neue Nachrichten anzeigte. Vielleicht war das der Schlüssel, nach dem sie gesucht hatte?

Fiona drückte auf *Abspielen.*

Zwei neue Nachrichten waren zu hören. Eine von Doc McAllister und eine von Carries Friseur, der sie bei ihrem Termin gestern vermisst hatte. Während Fiona die neuen Nachrichten löschte, stolperte sie über eine alte Nachricht, die sich noch auf dem Band befand, aber bereits abgehört worden war.

»Hi Carrie, hier ist Kimberly. Sag mal, könntest du schon etwas früher zu mir kommen? Ich würde gern etwas mit dir besprechen. Sagen wir um zwei? Bis später!«

Kimberlys Stimme verstummte, während Fiona und Codie sich ansahen.

»Es ist merkwürdig, ihre Stimme zu hören«, gestand Codie. Er war ganz blass um die Nase geworden.

»Weißt du, was das heißt?« Fiona sah ihn an, ergriff seine Schultern und schüttelte ihn leicht.

»Nein, was denn?«

»Carrie hat die Nachricht abgehört, sonst würde sie als neu und nicht als alt angezeigt werden. Sie muss daher schon eine Stunde vor mir in eurem Haus gewesen sein«, fasste Fiona zusammen. »Und dass Kimberly sie allein sprechen wollte, könnte ein Indiz dafür sein, dass sie Carrie zur Rede gestellt hat. Die Frage ist nur: Wie können wir herausfinden, ob Carrie auch tatsächlich bei euch gewesen ist?« Fiona legte den Zeigefinger auf ihre Lippen und dachte nach.

Codie schien erst langsam zu begreifen, worauf sie hinauswollte. Die Stimme seiner toten Frau zu hören, schien ihn mehr bewegt zu haben, als sie gedacht hatte.

»Fi, ich schäme mich fast dafür, dass ich nicht schon vorher daraufgekommen bin ... wir haben eine Überwachungskamera vor dem Eingang installiert. Wenn Carrie dort gewesen ist, müssten wir sie darauf sehen können.«

Fiona sah Codie vorwurfsvoll an. »Codie, ist das dein Ernst? Darauf hättest du aber auch schon früher kommen können.« Sie schüttelte den Kopf.

»Ich weiß, aber willst du jetzt noch länger darüber diskutieren, oder kommst du mit zu mir nach Hause? Wir haben keine Zeit zu verlieren.« Er stand auf und klatschte in die Hände.

»Warte, ich rufe noch schnell Conor an.« Fiona griff zum Handy, doch Codie hielt sie zurück.

»Das kannst du auch vom Auto aus machen. Komm jetzt.«

KAPITEL 9

Conor und Kevin trafen kurz nach Fiona und Codie an der Madison-Villa ein. Miss Hamilton war in die Küche gegangen und hatte versprochen, einen Tee zu kochen, während die vier sich in Codies Arbeitszimmer zurückgezogen hatten.

Fiona staunte über den großen Raum, in dem ein überdimensional großes, weinrotes Ledersofa den Mittelpunkt bildete. Der Schreibtisch mit einer schwarzen Glasarbeitsplatte ging dagegen beinahe unter.

Codie setzte sich in den Ledersessel am Schreibtisch und drückte auf einen Knopf unter der Tischplatte, woraufhin sich ein Schlitz öffnete und ein Bildschirm nach oben fuhr. Er schaltete den Computer an und wartete, bis dieser vollständig hochgefahren war.

»Geht das nicht schneller?«, fragte Fiona und trat ungeduldig von einem Fuß auf den anderen.

»Es dauert, solange es dauert«, antwortete Codie und seufzte. »In Sachen Ungeduld stehst du Carrie in nichts nach, Fi. Scheint so, als läge das bei euch in der Familie.« Er starrte auf den Bildschirm und suchte nach der passenden Datei, während Conor sich an Fiona wandte.

»Seit wann nennt er dich denn Fi?«, flüsterte er ihr ins Ohr.

»Spielt das eine Rolle?«, patzte Fiona genervt. *War er etwa eifersüchtig?*

»Ich meine ja nur«, antwortete Conor schmallippig und stellte sich hinter Codie, um ebenfalls einen Blick auf den Bildschirm werfen zu können.

Es dauerte eine Weile, bis Codie die passende Datei gefunden hatte.

»Für wann hatte Kimberly sie zu uns bestellt?«, fragte Codie und wandte sich an Fiona, was Conor nicht entging. Fiona verdrehte die Augen. *Er war tatsächlich eifersüchtig!*

»Für vierzehn Uhr«, antwortete sie knapp und schenkte Conor wie so oft einen ihrer Reiß-dich-zusammen-Blicke, woraufhin Conor schmunzelte und ein stummes Okay mit den Lippen formte.

»Gut, ich gehe mal auf halb zwei, falls Carrie früher hier angekommen sein sollte«, murmelte Codie mehr zu sich selbst als zu den anderen. Er drückte auf Play und die Wiedergabe der Aufzeichnung begann.

Gespannt sahen Codie, Conor und Fiona auf den Bildschirm, während Kevin Peterson sich dezent im Hintergrund hielt und aus dem Fenster sah. Für Fiona war das Verhalten des DI wie so oft ein Rätsel. Er stand regelmäßig abseits und beobachtete das Geschehen aus der Ferne. Das hatte sie schon oft beobachtet, Conor aber noch nie darauf angesprochen. Vielleicht hatten Conor und Kevin ja eine Absprache getroffen, wer was am Tatort oder während einer Zeugenbefragung machte. Sie konnte sich auf keinen Fall vorstellen, dass es Desinteresse war, das Kevin dazu bewegte, denn er nahm die Umgebung dafür viel zu genau in Augenschein.

»Ha, hab ich's doch gewusst!« Wie ein Silberrücken, der der Gruppe beweisen wollte, dass er der Anführer war, schlug sich Codie mit der Faust gegen die rechte Brust. Als habe er die Spaltung von Atomteilchen entdeckt, zeigte er stolz auf den Bildschirm, auf dem der Eingangsbereich der Villa zu sehen war. »Hier!«, sagte er laut und wippte aufgeregt mit dem Oberschenkel auf und ab.

»Ist das ...?« Conor kniff die Augen zusammen und sah genauer hin. Fiona schmunzelte, als sie bemerkte, dass er seine Lesebrille offenbar wieder zu Hause gelassen hatte. *Ach, er konnte so herrlich eitel sein.*

»Keine Ahnung, wer das ist«, sagte Fiona und betrachtete den Mann auf dem Bildschirm, den sie noch nie zuvor gesehen hatte.

»Ja, das ist Jeremy Jones, ganz genau, DCI Brennan«, stimmte Codie ihm zu und nickte. »Hab ich's doch gewusst, dass der Drecksack in meinem Haus gewesen ist, und zwar um genau ...« Er sah auf die Uhr am unteren Bildrand. »Zwanzig Minuten vor zwei.«

Codie lehnte sich zurück und verschränkte demonstrativ die Arme vor der Brust. »Ich sagte doch, dass er nicht im Clubhouse war.«

»Er war um zwanzig vor zwei nicht im Golfclub, aber das heißt nicht, dass er nicht später noch dort hätte hinfahren können«, meinte Kevin Peterson und funkelte Codie Madison an. Es war offensichtlich, dass er Codie sein Alibi immer noch nicht abkaufte.

»Tzz«, meinte Codie, widmete sich wieder dem Bildschirm und drückte erneut auf Play.

Es dauerte weitere zehn Minuten, bis Carrie vor dem Eingang der Madison-Villa auftauchte.

»Da ... da ist sie«, rief Fiona erleichtert und zeigte nun ihrerseits auf den Bildschirm. »Carrie war tatsächlich hier im Haus. Schau doch, Codie. Sie war hier.«

Codie nickte verzückt, als Carrie auf dem Bildschirm auftauchte. Er bekam ganz feuchte Augen, als er sah, wie sie den Klingelknopf betätigte und schließlich von Kimberly ins Haus gelassen wurde.

»Du warst tatsächlich hier«, stammelte er leise und starrte dabei auf den Bildschirm, als wolle er Carrie vor dem möglichen Unheil, das ihr bevorstand, warnen. Als sie durch den Eingang verschwand und die Tür hinter ihr geschlossen wurde, seufzte er sehnsuchtsvoll.

»Gut, fassen wir kurz zusammen ...«, sagte Conor und räusperte sich. »Wir wissen, dass Carrie bereits eine Stunde vor der verabredeten Zeit in diesem Haus war, weil Ihre Frau Kimberly sie darum gebeten hat. Außerdem wissen wir, dass Ihre Frau zu diesem Zeitpunkt nicht allein im Haus war, sondern Besuch von Jeremy Jones, ihrem vermutlichen Geliebten hatte.«

»Ihrem offensichtlichen Geliebten«, verbesserte Codie Madison ihn und hob eine Augenbraue.

»Wie auch immer, Mr Madison. Ihre rechthaberischen Einwürfe bringen uns im Moment nicht weiter.«

»Ist ja gut«, sagte Codie und hob die Hände, als wolle er sich ergeben.

»Klingt so, als sollten wir Jeremy Jones befragen, was er zu Carries Verschwinden sagt«, meinte Fiona.

»Moment mal.« Kevin Peterson trat vom Fenster weg. »Interessant wäre es zu wissen, wann Carrie und Jeremy Jones das Haus wieder verlassen haben. Ich meine, bislang wissen wir lediglich, dass sie zur gleichen Zeit hier gewesen sind. Entscheidend ist aber, wann sie wieder gegangen sind«, sagte er, ging zum Schreibtisch hinüber und drückte erneut auf Wiedergabe.

Das Video lief weiter, doch es tat sich nichts. Erst als Fiona um kurz vor drei vor dem Eingang der Madison-Villa auftauchte, füllte sich der Bildschirm wieder mit Leben.

»*Wie?* Es ist in der Zwischenzeit niemand herausgekommen?« Fiona stutzte und sah fragend in die Runde. »Ist das Video etwa manipuliert worden?«

»Nein, sieht nicht danach aus. Wir haben es ja durchlaufen lassen, und dabei keine Schnitte oder sonstiges gesehen, was darauf schließen ließe, dass hier etwas manipuliert worden ist.« Conor prüfte das Video erneut, konnte aber auch bei genauerem Hinsehen nichts dergleichen feststellen.

»Wie sind Carrie und Jeremy Jones aus dem Haus gekommen?« Kevin Peterson warf erneut einen kritischen Blick aus dem Fenster. »Gibt es hier noch einen weiteren Ausgang?«

Codie sah auf und nickte. »Die beiden könnten über die Terrasse in den Garten und dann nach vorne gegangen sein«, sagte er. »Es gibt einen Weg, der einmal um das ganze Haus herumführt. In diesem Bereich haben wir aber keine Kameras. Einzig der Eingang ist videoüberwacht.« Er verzog das Gesicht, als würde er denken, dass er in diesem Fall am falschen Ende gespart hatte, und Fiona konnte es ihm nicht einmal verübeln. Stattdessen beschlich sie ein übles Gefühl.

»Ich sagte doch schon, dass ich das Gefühl hatte, es war noch jemand im Haus, als ich mit Kimberly gesprochen habe. Könnte das vielleicht dieser Jeremy Jones gewesen sein?«

»Wir fangen an zu spekulieren«, maulte Conor, seufzte und nickte Kevin Peterson zu, der daraufhin den Computer herunterfuhr und ihn abstöpselte.

»Ähm, was wird das denn jetzt?«, fragte Codie irritiert und hielt seinen iMac fest.

»Wonach sieht es denn aus? Wir beschlagnahmen Ihren Computer, da es sich dabei um wichtiges Beweismaterial in einem Mordfall handelt. Bitte seien Sie kooperativ«, erwiderte Kevin Peterson, als habe er es auswendig gelernt und ohne weiter auf Codie einzugehen. »Wir müssen das Videomaterial, das sich darauf befindet, ganz genau untersuchen, und dazu haben wir jetzt im Moment leider keine Zeit, Sir«, erklärte er dennoch, als er bemerkte, dass Codie seinen PC einfach nicht loslassen wollte. »Und bitte halten Sie sich für weitere Fragen bereit.« Kevin Peterson nickte Codie zu und begann energisch an dem Mac zu ziehen, woraufhin Codie schließlich aufgab und widerwillig losließ.

»Danke für Ihre Mitarbeit«, meinte Conor, nickte Codie zu und ging zur Tür. »Kommst du auch, oder möchtest du noch bleiben?«, fragte er Fiona, die daraufhin aufstand und ihm wortlos folgte.

KAPITEL 10

Die Sichtung des Videomaterials auf Codies Computer brachte keine neuen Erkenntnisse, doch Conor weigerte sich, zu glauben, dass sie immer noch im Dunkeln tappten. Obwohl auch er zugeben musste, dass sie immer noch keine heiße Spur hatten. Weder was den Mord noch was das Verschwinden von Fionas Cousine betraf.

Es musste etwas geben, das sie übersehen hatten. Irgendeine Kleinigkeit, die ihnen entgangen war, als sie Jeremy Jones zum ersten Mal befragt hatten. Natürlich war er der heißeste Kandidat in Bezug auf den Mord und Carries Verschwinden, doch es gab lediglich ein paar Indizien. Was er brauchte, waren hingegen handfeste Beweise.

Immerhin wusste er, wo er ansetzen musste, als er zusammen mit DI Kevin Peterson erneut nach Holywood rausfuhr, um Jeremy Jones noch einmal zu befragen. Während der DI den Wagen schwungvoll durch die Straßen lenkte, nahm Conor sich die Zeit, ihn ein wenig zu betrachten.

DI Kevin Peterson war mittlerweile der dritte Kollege, mit dem er binnen kürzester Zeit zusammenarbeitete, aber der erste Kollege, bei dem er als Vorgesetzter fungierte. Bislang hatte Conor wenig Glück mit seinen Kollegen gehabt.

Sein ehemaliger Vorgesetzter Archie McMillan war ein grummeliger alter Mann gewesen, der kurz vor der Pensionierung noch in einen Mordfall hineingestolpert war. Der Mordfall, bei dem Conor Fiona kennengelernt und sich in sie verliebt hatte.

Bei dem Gedanken an ihre erste Begegnung in Fionas kleinem Bonbonladen huschte unwillkürlich ein Lächeln über sein Gesicht. Seitdem war so viel passiert, dachte er und schaute hinaus aus dem Fenster, während unzählige Schafherden, die auf grünen Hügeln grasten, an ihm vorbeizogen.

Seine zweite Vorgesetzte, DCI Katie Jones, war, anders als Archie McMillan, nicht nur in einen Mordfall hineingestolpert, sondern hatte sogar selbst einen Mord begangen, etwas, das Conor nie für möglich gehalten hatte und seine gesamte Weltordnung auf den Kopf gestellt hatte. Auf einmal waren die Guten die Bösen gewesen. Katie Jones saß jetzt in HMP Hydebank Wood, Nordirlands einzigem Frauengefängnis, und wartete auf ihre Verurteilung.

Anders als Archie McMillan und Katie Jones machte Kevin Peterson einen weitgehend normalen, ausgeglichenen Eindruck. Er schien eher der beobachtende Typ zu sein, weshalb Conor ihn meist auch mit genau diesen Aufgaben betraute. Es tat gut, jemanden an seiner Seite zu wissen, der ebenso ruhig und besonnen zu reagieren und zu agieren schien, wie er selbst.

DI Peterson war ihm zugeteilt worden, kurz nachdem er zum DCI befördert worden war. Da er sich allerdings noch im Urlaub befunden hatte, war er erst am Tag von Kimberly Madisons Ermordung in Belfast eingetroffen und quasi gleich ins kalte Wasser geworfen worden. Conors Ansicht nach schadete das nicht, immerhin konnte er seinen neuen Kollegen auf diese Weise direkt auf Herz und Nieren prüfen. Und bislang gefiel ihm, wie Kevin Peterson sich machte. Auch wenn er ziemlich schweigsam war.

»Übernehmen Sie die Befragung von Jeremy Jones? Machen wir es wie beim letzten Mal?«

»Hm, kann ich machen«, antwortete Kevin Peterson und lenkte den Wagen zielstrebig auf den Parkplatz des Golfclubs.

»Meinen Sie, er ist hier?« Kevin Peterson sah sich auf dem nahezu leeren Parkplatz um und legte die Stirn in Falten. Es war offensichtlich, dass er am Erfolg ihrer Mission zweifelte.

»Lassen wir uns überraschen. Ansonsten versuchen wir, ihn in seiner Wohnung zu erreichen. Wir werden ihn schon finden.« Conor gab sich gelassen und folgte Peterson ins Clubhouse, wo sie sogleich von einer jungen Blondine empfangen wurden.

»Kann ich Ihnen helfen?«, fragte diese freundlich lächelnd.

»Jeremy Jones? Ist er hier?« Kevin Peterson sah sich in dem Restaurant um, in dem nur wenige Tische besetzt waren, so als fühle er sich bereits bestätigt.

»Er ist auf dem Platz unterwegs und gibt gerade eine Privatstunde. Ich kann ihn anrufen, wenn Sie möchten.« Ihr Blick wanderte von Conor zu DI Peterson, der leicht nickte. »Wen darf ich melden?«

»DCI Conor Brennan und DI Kevin Peterson«, sagte Conor und lächelte. »Sagen Sie ihm aber bitte, dass es dringend ist.«

»Okay.« Die Blondine schaute verunsichert, zückte aber ihr Mobiltelefon und drehte sich um, als wolle sie nicht, dass die beiden Inspectors ihr zuhörten. Wenig später kehrte sie zu ihnen zurück und lächelte breit, wenn auch nicht mehr ganz so freundlich wie vor ein paar Minuten. »Mr Jones wird in wenigen Minuten bei

Ihnen sein. Darf ich Ihnen so lange etwas zu trinken anbieten?«

»Einen Kaffee, bitte«, antwortete Conor und setzte sich an einen der freien Tische. Auch Kevin Peterson bestellte sich etwas und setzte sich zu Conor.

»Was meinen Sie? Hat er etwas mit dem Ganzen zu tun? Oder ist es nur purer Zufall, dass er zu der Zeit im Haus war?« Kevin Peterson hatte seine Augen auf die riesige Golfanlage vor ihnen gerichtet, an dessen unterem Rand die Umrisse von Jeremy Jones und seiner Schülerin auftauchten. Die beiden schritten zu einem weißen Wagen, setzten sich und fuhren zügig in Richtung des Clubhouse.

»Ich denke, dass er uns etwas verheimlicht und dass wir ihn mit aufs Revier nehmen sollten, für den Fall, dass er uns heute wieder so auflaufen lässt wie beim vergangenen Mal«, sagte Conor und fixierte den Golfwagen mit seinem Blick. Dieses Mal würde er Jeremy Jones nicht entkommen lassen. Er konnte ihnen viel erzählen, aber sie hatten Beweise dafür, dass er in der Madison-Villa gewesen war, und zwar kurz bevor der Mord an Kimberly geschehen war.

Die Tür wurde aufgestoßen und Jeremy Jones betrat mit viel Bohei das Restaurant. Er begrüßte auffällig laut die wenigen Gäste an den Tischen, flirtete kurz mit der Blondine am Empfang und konzentrierte sich dann darauf, seine Privatschülerin, eine Seniorin mit unzähligen Goldketten um den Hals, zu verabschieden. Schließlich holte er sich einen Tee und ging zu Conor und Kevin hinüber.

»Irgendetwas sagt mir, dass Sie mit keinen guten Absichten gekommen sind«, meinte er, setzte sich und schlürfte hörbar seinen Tee.

»Mr Jones, schön, dass Sie Zeit für uns gefunden haben. Sie können sich sicher denken, worum es geht, oder?« Kevin Petersons Augen blitzten, als er mit der Befragung begann.

»Ich denke, es geht um Kimberly?«, erwiderte Jones. »Zumindest haben Sie mich ihretwegen das vergangene Mal aufgesucht. Benötige ich dieses Mal einen Anwalt?« Jeremy Jones lächelte, woraufhin seine viel zu weiß gebleichten Zähne zum Vorschein kamen.

»Wir wissen, dass Sie in der Madison-Villa waren, und zwar etwa eine Stunde, bevor Kimberly Madison gestorben ist«, machte Kevin den Anfang, während Conor Jeremy Jones keine Sekunde aus den Augen ließ und jede noch so kleine Regung von ihm in sich aufsaugte.

»Woher haben Sie diese Information?«, fragte Jones und sah sich um, als habe er eben einen Geist gesehen. Er schien sichtlich überrascht davon zu sein, dass sich die beiden Inspectors ihrer Sache so sicher waren. Conor konnte es genau in seinen Augen sehen.

»Es gibt Videoaufnahmen, die zeigen, dass Sie vor Ort gewesen sind. Es gibt also keinen Grund für Sie zu leugnen, dass Sie dort gewesen sind«, nahm Kevin Peterson dem Golflehrer den Wind aus den Segeln.

»Ich habe nie behauptet, dass ich nicht dort gewesen bin.« Mit einem letzten Funken Gelassenheit lehnte sich Jeremy Jones auf seinem Stuhl zurück und schlug die Beine übereinander. Doch seine Augen verrieten immer mehr, wie nervös er tatsächlich war.

»Was haben Sie dort gemacht?«

»Ich habe mich mit Kimberly getroffen. Sie hat mich gebeten, vorbeizukommen, da sie und Codie sich zuvor fürchterlich gestritten hatten. Sie hatte Beweise dafür gefunden, dass ihr Mann sie mit einer anderen Frau betrog, noch dazu mit einer Frau, die auch sie selbst gut kannte. Sie hat mir erzählt, dass sie diejenige zur Rede stellen wollte.«

»Handelt es sich bei der Geliebten von Codie Madison um diese Frau?« Conor schob ein Foto von Carrie über den Tisch, das ihm Fiona zuvor auf sein Mobiltelefon geschickt hatte.

»Nein«, antwortete Jeremy Jones mit blinzelnden Augen, ohne das Foto ausgiebig zu betrachten.

»Mr Jones, ich habe Ihnen vorhin schon gesagt, dass es keinen Zweck hat, wenn Sie uns anlügen. Wir wissen, dass Sie nur zehn Minuten vor dieser Frau die Villa der Madisons betreten haben. Und wir wissen auch, dass Sie diese nicht wieder verlassen haben, bevor diese Frau dort aufgetaucht ist.« Kevin Peterson sah den Golflehrer mahnend an und zeigte auf das Foto. »Ich frage Sie daher noch einmal: Kennen Sie diese Frau?«

Jeremy Jones zwang sich zu einem Lächeln, das seine Augen jedoch nicht erreichte. Seine Mundwinkel zuckten nervös. Schließlich gab er auf.

»Ja, gut, ich kenne diese Frau, oder vielmehr habe ich sie in der Madison-Villa gesehen. Kimberly hatte sie zu sich bestellt, um sie zur Rede zu stellen«, gestand er, wenn auch nicht ganz freiwillig. Es ärgerte Conor, dass man dem smarten Golflehrer jedes Wort aus der Nase ziehen musste.

»Warum nicht gleich so?«, raunzte Conor und schlug mit der Faust auf den Tisch, sodass sich die anderen Gäste im Restaurant erschrocken umsahen. So viel zum Thema Besonnenheit …

»Ich hatte Angst, dass Sie mich dann automatisch mit Kimberlys Tod in Verbindung bringen. Ich schwöre, dass ich damit nichts zu tun habe«, sagte Jeremy Jones und hob seine Hand, als wolle er einen Eid schwören.

»Warum wollte Kimberly Madison Sie dabeihaben, wenn sie Carrie Fitzgerald zur Rede stellt? Haben Sie eine Ahnung?« Conor hatte sich noch immer nicht beruhigt. Wenn ihm eines gegen den Strich ging, dann die Tatsache, dass Jeremy Jones versuchte, ihn ganz offensichtlich hinters Licht zu führen. Noch immer war dieser nicht bereit dazu, alles, was er wusste, zu erzählen. Er hatte offenbar noch nicht begriffen, wie ernst die Lage für ihn war.

»Sie wissen, dass Sie Verdächtiger in einem Mordfall sind, Mr. Jones, oder? Und, glauben Sie mir, ich hasse es wirklich, das zu sagen, aber je weniger Sie uns erzählen, desto schlechter sieht es für Sie aus.« Conor trank von seinem Kaffee und seine Augen waren zu engen Schlitzen zusammengekniffen, als er Jeremy Jones gefährlich anfunkelte.

»Ich habe Ihnen doch schon gesagt, dass ich keine Ahnung habe. Kimberly hat mich angerufen und mich gefragt, ob ich vorbeikommen könnte. Ich habe zugesagt, da ich an ihrer Stimme hörte, wie verzweifelt sie war. Erst vor Ort hat sie mir erzählt, dass diese Carrie gleich dort auftauchen würde. Sie hat mich damit überrascht.« Jeremy Jones blickte unruhig umher, als sehe er sich nach einem Fluchtweg um. Ihm schien die ganze

Situation mehr als unangenehm zu sein, zumal die anderen Restaurantgäste bereits Wind davon bekommen hatten, dass der smarte Golflehrer von der Polizei befragt wurde. Das entging auch Kevin Peterson nicht.

»Wir können Sie auch gern mit aufs Revier nehmen und dort befragen, wenn Ihnen das lieber ist«, sagte er und schenkte Jeremy Jones ein Lächeln.

»Bitte nehmen Sie mich nicht mit, Sir. Das wäre ein Skandal, von dem weder ich noch der Golfklub sich je erholen würden.« Jeremy Jones flehte die beiden Inspectors beinahe an, so leise sprach er, während er an Conors Kopf vorbei ins Restaurant sah. »Ich habe diese Carrie gar nicht getroffen. Kimberly hat mir gesagt, dass sie die Sache ein für alle Mal aus der Welt schaffen wollte. Das hat mir Angst gemacht, da ich Kimberly so gar nicht kannte. Mir gegenüber war sie immer eine verzweifelte Ehefrau gewesen, die von ihrem Mann nicht gut behandelt worden war. Doch auf einmal wirkte sie wie eine Furie. Sie war eiskalt und berechnend ... und sie hat etwas im Schilde geführt.« Endlich schien Jeremy Jones begriffen zu haben, wie ernst es für ihn aussah. Bereitwillig erzählte er den beiden Polizisten nun, was an diesem Nachmittag in der Madison-Villa geschehen war.

»Kimberly hatte einen Drink mit K.O.-Tropfen vorbereitet, den sie dieser Carrie anbieten wollte. Sie meinte, dass sie die Frau verschwinden lassen wollte. Ich habe versucht, sie aufzuhalten und ihr gesagt, dass es wahnsinnig sei, doch Kimberly schien mich gar nicht gehört zu haben. Sie wirkte wie in Trance, so als sei sie besessen gewesen«, erzählte der Golflehrer, während Conor und Kevin ihm gespannt zuhörten. Endlich schienen sie in der Sache einen Schritt weiterzukommen.

»Was ist dann passiert?«, fragte Conor und beugte sich nach vorne, als wolle er auch wirklich jedes einzelne Wort, das Jones von sich gab, mitbekommen.

»Kimberly hat getobt und mich als Feigling beschimpft. Sie hat mir gesagt, dass sie sich auf mich verlassen hätte, aber, dass sie nun erkannt hätte, dass sie sich getäuscht hätte.« Jeremy Jones schloss die Augen, als schmerzten ihn Kimberlys Worte noch immer. »Wissen Sie, wenn eine Frau, für die man etwas empfindet, einen auf diese Art und Weise beschimpft, tut das wirklich weh.«

»Kann ich verstehen«, sagte Kevin Peterson leise und nickte verständnisvoll, so als habe er bereits einmal ähnliche Erfahrungen gemacht. »Trotzdem müssen wir wissen, was genau passiert ist. Carrie Fitzgerald ist nämlich seit diesem Nachmittag verschwunden, und Kimberly Madison ist tot ...«

»Ich weiß, und ich bedauere es sehr, aber ich fürchte, ich kann Ihnen wirklich nicht weiterhelfen.« Jeremy Jones seufzte leise.

»Warum nicht?«

»Weil ich mich an nichts mehr erinnern kann. Ich weiß nur noch, dass ich hinter Kimberly hergelaufen bin, als sie zurück ins Wohnzimmer wollte. In dem Moment, als sie die Tür geöffnet hat, habe ich diese Carrie für einen ganz kurzen Augenblick gesehen. Doch Kimberly knallte die Tür vor meiner Nase zu und dann ...« Er zögerte, als schämte er sich davor, den Grund für seine Gedächtnislücken zu nennen. »Dann wurde es schwarz vor meinen Augen.«

»Schwarz? Sie meinen, Sie wurden ohnmächtig?« Conor schüttelte verdutzt den Kopf. Mit dieser Wendung hatte er nicht gerechnet. Es war kaum zu glauben, dass ein Mann von Jeremy Jones' Kaliber einfach umgefallen war. Er machte nicht den Eindruck, als würde ihn so schnell etwas umhauen. »Haben Sie etwas getrunken, als Sie in der Villa waren?«, fragte Conor.

Jeremy Jones schüttelte verneinend den Kopf. »Nein, ob Sie's glauben oder nicht ... ich habe einen Schlag auf den Hinterkopf bekommen und kam erst wieder zu mir, als ich die Stimme einer anderen Frau hörte, die laut um Hilfe rief.«

»Das muss Fiona gewesen sein«, meinte Conor. »Warum haben Sie der Frau nicht geholfen?«

»Mich hat die Panik überwältigt. Ich wusste, dass etwas schiefgelaufen sein musste, und fürchtete, dass diese Carrie gefunden worden war. Daher habe ich mich zur Terrassentür geschleppt und mich aus dem Staub gemacht. Erst viel später, als ich versucht hatte, Kimberly zu erreichen, habe ich erfahren, dass sie tot war.« Jeremy Jones schloss erneut die Augen, als tauchten die erlebten Erinnerungen jetzt vor ihm auf.

»Mr. Jones«, sagte Kevin Peterson, erhob sich und stützte sich mit den Armen auf der Stuhllehne ab. »Sie müssen zugeben, dass dies alles eine ziemlich haarsträubende Geschichte ist, die Sie uns da auftischen. Sie behaupten, Kimberly Madison wollte Carrie Fitzgerald aus der Welt schaffen und hat versucht, Sie mit ins Boot zu holen, und als Sie sich geweigert haben, wurden Sie von einer unbekannten Person niedergeschlagen und kamen erst wieder zu sich, als Carrie Fitzgerald verschwunden und Kimberly Madison tot war«, fasste Kevin zusammen.

Der Golflehrer nickte geknickt. »Ja, so war es. Falls Sie mir nicht glauben ... hier.« Er beugte sich vor, senkte seinen Kopf und zeigte auf eine Wunde, die noch ziemlich frisch zu sein schien.

Kevin Peterson und Conor Brennan sahen sich an. »Wir werden Ihre Aussage natürlich noch einmal überprüfen und möchten Sie bitten, dass Sie sich von einem Arzt untersuchen lassen, damit dieser sich die Wunde genauer ansehen kann«, meinte Kevin Peterson und kratzte sich am Kopf, als wisse er nicht, was er von Jeremy Jones' Aussage halten sollte.

»Das brauche ich nicht. Ich war noch am selben Abend im Belfast City Hospital in der Lisburn Road.« Jeremy Jones rieb sich über den Hinterkopf, verzog kurz das Gesicht, als er über die Wunde fuhr und schenkte den beiden Inspectors eines dieser typischen Was-sagen-Sie-nun-Lächeln, die Conor so sehr hasste.

KAPITEL 11

Fiona lag mit weitgeöffneten Augen im Bett, während Conor seelenruhig neben ihr lag und schlief. Dabei war es nicht Conors lautes Schnarchen allein, das sie wachhielt, auch wenn es zugegebenermaßen seit Beginn der Mordermittlungen an Intensität zugenommen hatte, sondern vielmehr die Tatsache, dass es so viel gab, was sie erst einmal verdauen musste. In der vergangenen Woche hatte sich so viel ereignet, mit dem sie schlichtweg überfordert war. Ganz zu schweigen von der ständigen Sorge um Carrie. Dass Kimberly ihrer Cousine tatsächlich etwas hatte antun wollen, war alles andere als beruhigend und schürte in Fiona die schlimmsten Befürchtungen. Außerdem sprach derzeit nichts dagegen, die Aussage von Jeremy Jones nicht zu glauben.

An dem Tag, an dem Kimberly Madison ermordet worden war, hatte er tatsächlich die Notaufnahme des Belfast City Hospital aufgesucht und sich dort von einem Arzt untersuchen lassen. Dieser hatte Conor gegenüber bestätigt, dass Jeremy Jones einen Schlag auf den Hinterkopf bekommen hatte und, was das Entscheidende gewesen war, sich diesen nicht hätte selbst zufügen können. Seine Aussage konnte man daher durch und durch als glaubwürdig einstufen.

Fiona beruhigte es zwar, dass sie sich nicht getäuscht hatte, und tatsächlich noch jemand anderes in der Madison-Villa gewesen war, als sie um Hilfe gerufen hatte, gleichzeitig jagte ihr diese Tatsache aber auch immer wieder eiskalte Schauer über den Rücken, denn es bedeutete doch, dass Kimberly einen Komplizen gehabt haben musste. Jemand, der ihr dabei geholfen hatte,

Carrie die K.O.-Tropfen einzuflößen und sie anschließend aus dem Weg zu räumen. Doch wer hätte ein Interesse daran haben können?

Es ließ sie einfach nicht schlafen. Sie wälzte sich von der einen auf die andere Seite und stand schließlich auf. Als sie das Schlafzimmer verließ, glich Conors Schnarchen einer Mischung aus trötendem Elefanten und dröhnendem Presslufthammer. Sie blickte sich noch einmal um, seufzte und schloss die Tür.

Im Wohnzimmer hüllte Fiona sich in eine Wolldecke, ließ sich aufs Sofa fallen und schaltete den Fernseher an. Auf einem der Programme, die Conor weiter hinten abgespeichert hatte, lief eine alte Folge von *Mord ist ihr Hobby,* in der Angela Lansbury in ihrer Rolle als Jessica Fletcher ebenfalls auf Mörderjagd war. Fiona kannte die Folge bereits, in der Jessica Fletchers Spürnase geweckt worden war, nachdem die Ehefrau eines Millionärs tot aufgefunden worden war. Natürlich war der Verdacht zuerst auf den steinreichen Ehemann gefallen, der sich hatte scheiden lassen wollen. Damit hatte Fletcher gar nicht so falsch gelegen. Allerdings hatte der Ehemann eine Geliebte gehabt, die ihm bei dieser Tat beigestanden hatte. Die beiden hatten unter einer Decke gesteckt und den Mord gemeinsam eingefädelt. Um ihre Spuren zu vertuschen, hatte es zunächst so ausgesehen, als sei die Geliebte spurlos verschwunden ...

»Moment mal ...« Fiona lief es eiskalt den Rücken herunter. Sie setzte sich hin und zog die Wolldecke noch enger um sich.

In der Folge, die über den Bildschirm flimmerte, hatte die Geliebte ihr eigenes Verschwinden nur inszeniert.

Was, wenn auch Carrie gar nicht wirklich verschwunden, sondern lediglich irgendwo untergetaucht war, bis ... ja, bis ...?

»Was machst du hier, Babe?« Conor kam ins Wohnzimmer und kratzte sich verschlafen am Hinterkopf. »Es ist mitten in der Nacht.« Er setzte sich neben sie aufs Sofa und zog sie fest an sich. »Kannst du nicht schlafen?«

»Meinst du, Carrie könnte ihr Verschwinden nur vorgetäuscht haben?«, flüsterte sie und schämte sich beinahe, diesen Verdacht laut auszusprechen.

»Wie meinst du das?« Conor stutzte und küsste sie sanft auf die Stirn. Es war nicht das erste Mal, dass Fiona während einer seiner Mordermittlungen nicht schlafen konnte. Er wusste, dass es in ihrem Kopf unaufhörlich ratterte, und einmal mehr fragte er sich, wie er es schaffen konnte, dass sie sich beruhigte und sich weniger Sorgen machte. Und auch, wenn er ahnte, dass seine Bemühungen zwecklos waren, gab er nicht auf. Er wollte, dass es ihr gutging. Das hatte für ihn höchste Priorität.

»Ich müsste lügen, wenn ich sagen würde, dass ich einen Plan habe, aber ...« Sie stoppte und sah ihn an.

»Aber ...?«

»Was, wenn Carrie und Codie gemeinsame Sache gemacht haben? Ich meine, was wenn sie beide Kimberly zur Strecke gebracht, und dann Carries Verschwinden vorgetäuscht haben, um von dem Mord abzulenken? Wäre das möglich?« Fiona merkte, wie sich ihre Augen mit Tränen füllten. Sie konnte kaum glauben, dass sie ihre Cousine wirklich verdächtigte, an einem Mord beteiligt gewesen zu sein.

»Weißt du, was du da sagst?« Conor nahm Fionas Gesicht zwischen seine Hände und fixierte sie sanft mit seinen Augen. »Ich kann mir kaum vorstellen, dass ...«

»Ich ja auch nicht, und ich schäme mich dafür, dass ich überhaupt auf diesen Gedanken gekommen bin, aber dieser ganze Fall ist so verrückt und abstrus. Und Carrie ...« Fiona machte erneut eine Pause und schniefte. »Ich habe das Gefühl, ich kenne sie gar nicht mehr. Nie im Leben hätte ich mir vorstellen können, dass sie mal etwas mit Codie Madison anfängt.« Fiona schüttelte sich. »Und trotzdem hat sie es getan. Wer sagt denn, dass ich mich nicht noch mehr in ihr getäuscht habe? Menschen machen nun mal komische Sachen, wenn sie verliebt sind, oder nicht? Du hast es selbst einmal gesagt. Was, wenn sie Codie so hörig war, dass sie sich darauf eingelassen hat, ihm bei der Beseitigung von Kimberly zu helfen?«

»Fi.« Conor versuchte, ihren Blick einzufangen. »Beruhige dich bitte, Babe. Ich kann verstehen, dass deine Gedanken gerade Achterbahn fahren, aber es hilft uns jetzt kein bisschen weiter. Glaub mir, Kevin Peterson, ich und das gesamte Team unternehmen alles, um Carrie zu finden. Aber wir müssen einen kühlen Kopf bewahren und dürfen uns nicht von unseren Emotionen leiten und in die Irre führen lassen.« Er versuchte, beruhigend auf sie einzureden, aber Fiona schluchzte nur noch stärker.

Während sie in seine Arme sank, hatte sie das Gefühl, sie würde sich vollkommen auflösen, so sehr weinte sie. All die angestauten Ängste, Sorgen und Gefühle der vergangenen Tage brachen aus ihr hervor, und sie konnte nichts dagegen tun.

»Schh«, flüsterte Conor und streichelte ihr sanft über das rotgelockte Haar. »Ich bin ja da, und ich verspreche dir, dass wir Carrie finden werden. Wir sind doch bereits ein großes Stück vorangekommen.«

Fiona löste sich aus seiner Umarmung und sah ihn mit tränenverschleiertem Blick an.

»Ach, sind wir das?« Der Zweifel in ihrer Stimme war nicht zu überhören.

»Ja, das sind wir. Wir wissen jetzt, dass Carrie und Kimberly sich tatsächlich getroffen haben und dass Kimberly vorhatte, Carrie zu schaden. Jetzt müssen wir nur noch herausfinden, ob es ihr tatsächlich gelungen ist, oder ob Carrie entkommen konnte.«

»Nur noch ... tz«, sagte Fiona leise. »Als ob das eine Kleinigkeit wäre.«

»Das habe ich nicht gesagt, Fi. Aber im Vergleich zu der Größe des Falls, ist es ein kleiner Teil, der dazu beitragen kann, alles aufzuklären. Wir müssen jetzt Schritt für Schritt denken und vorgehen. Wir können nicht erwarten, dass sich alles auf einmal löst«, erklärte Conor geduldig wie immer.

Fiona nickte und gähnte. Sie wollte nicht ungerecht ihm gegenüber sein. Natürlich gaben Kevin und er sowie das gesamte Team um Conor herum ihr Bestes, um den Fall zu lösen, und um Carrie zu finden.

»Wir werden Carries Verschwinden öffentlich machen. Vielleicht hat sie ja jemand gesehen, wie sie die Madison-Villa verlassen hat.«

»Dann werden auch ihre Eltern davon erfahren. Spätestens, nachdem meine Eltern davon wissen«, sagte Fiona und ihre Augen weiteten sich. Sie wollte sich kaum vorstellen, was für Ängste ihre Tante und ihr Onkel ausstehen würden, wenn sie wüssten, dass Carrie verschwunden oder vielleicht sogar entführt worden war.

»Ich fürchte, wir haben keine andere Wahl. Wir dürfen keine Zeit mehr verlieren und werden daher morgen eine Vermisstenmeldung herausgeben. Wir kommen sonst nicht weiter, fürchte ich. Und immerhin geht es um ...« Conor biss sich auf die Unterlippe.

»Meinst du, Carrie könnte bereits ... tot sein?« Fiona schloss die Augen und wollte am liebsten gar nicht daran denken.

»Wir würden einen großen Fehler machen, wenn wir diese Möglichkeit nicht auch mit einbeziehen würden, aber für den Moment spricht nichts dafür. Solange wir keine gegenteiligen Beweise haben, gehen wir davon aus, dass Carrie lebt«, stellte Conor klar.

»Wenn sie jemand entführt hat, würde er dann nicht Lösegeld verlangen?«

»Nicht unbedingt. Es gibt Entführer, denen geht es nicht um Geld, sondern allein darum, jemanden in seiner Gewalt zu haben. Es geht darum, die Macht gegenüber einer wehrlosen Person zu genießen. In solchen Fällen werden Entführer kaum Kontakt mit der Polizei aufnehmen.« Conor zog Fiona erneut an sich und küsste sie zärtlich auf den Mund. »Aber bitte mach dir jetzt darüber keine Sorgen und versuche, ein bisschen zu schlafen.«

Fiona unterdrückte ein Gähnen. »Das sagst du so einfach.«

KAPITEL 12

Wenn Carrie eines hasste, war es Ungewissheit. Und um sie herum gab es neben der Dunkelheit jede Menge Ungewisses. Sie wusste immer noch nicht, was für ein Tag war und wie lange sie schon in diesem Loch gefangen war, oder als was sollte sie diesen modrig-feuchten Raum, in dem man sie gefangen hielt, sonst bezeichnen? War sie anfangs noch verzweifelt gewesen, hatte sich die Verzweiflung inzwischen in Wut gewandelt. Sie war so wütend auf alles und jeden. Auf sich selbst, dass sie überhaupt in diese Situation geraten war, auf Codie Madison, ihren Geliebten, für den sie bereit gewesen war, alles aufzugeben und auf diese dunkle Gestalt, die alle paar Stunden bei ihr vorbeischaute, sie wie ein kleines Kind fütterte und dann wieder in der Dunkelheit zurückließ.

Immerhin kehrte die Erinnerung an das, was geschehen war, langsam zurück, wenn auch nur stückchenweise.

Carrie erinnerte sich daran, dass Kimberly ihr auf den Anrufbeantworter gesprochen und sie gebeten hatte, bereits eine Stunde vor Fiona zu kommen. Von Anfang an hatte sie kein gutes Gefühl bei der Sache gehabt, schließlich hatte sie verhindern wollen, allein mit der Ehefrau ihres Geliebten zu sein. Doch eine Stimme in ihr drin hatte Carrie dazu geraten, zur Madison-Villa zu fahren. Es wäre viel auffälliger gewesen, wenn sie Kimberlys Bitte abgeschlagen hätte. Zumindest hatte Carrie das angenommen.

Kimberly hatte hübsch ausgesehen, als sie Carrie die Tür geöffnet hatte. Sie erinnerte sich daran, dass sie ein dunkelblaues Strickkleid getragen hatte, das ihre Kurven umschmeichelt und bestens in Szene gesetzt hatte.

Carrie seufzte. Hätte sie doch nur nie einen Fuß in diese teuflische Villa gesetzt. Schon beim Betreten des Hauses war ihr ein kalter Schauer über den Rücken gelaufen, als Kimberly sie zunächst ins Wohnzimmer geführt hatte und dann irgendwohin verschwunden war. Irgendetwas hatte Carrie gesagt, dass sie nicht allein in dem Raum gewesen war.

Carrie schloss die Augen und versuchte, sich daran zu erinnern, wie es in dem Zimmer ausgesehen hatte. Sie hatte auf dem Sofa gesessen und in den Garten geschaut, als sie gemeint hatte, neben sich einen Schatten gesehen zu haben. Doch als sie sich zur Seite gedreht hatte, war niemand dort gewesen, auch wenn sie deutlich einen Luftzug gespürt hatte.

Sie hatte einige Zeit auf dem Sofa gesessen und auf Kimberly gewartet. Und als sich die Tür wieder geöffnet hatte, war Kimberly mit einem Tablett mit Getränken hereingekommen und … Sie überlegte einen Moment und kniff die Augen zusammen. Ja, da war dieser Mann gewesen, den sie nicht gekannt hatte. Er war groß und muskulös und braun gebrannt gewesen und hatte Kimberly etwas hinterhergerufen. Und dann …

Sie erschauderte erneut, als die Bilder tatsächlich vor ihren Augen auftauchten und sich wie ein Film aneinanderreihten.

Der Fremde hatte gerufen … hatte *ihr* etwas zugerufen, so als hätte er sie vor irgendetwas warnen wollen. Was hatte er gesagt? Warum fiel es ihr so schwer, sich daran zu erinnern? *Denk nach, Carrie, denk nach!*

»Nicht … trinken!«

Seine dunkle Stimme hallte in ihrem Kopf wider. Ja, das war es! Er hatte sie gewarnt, nichts von dem, was ihr angeboten wurde, zu trinken, bevor ...

Wieder wurde es dunkel um sie herum, doch dieses Mal, gelang es Carrie, gegen die Müdigkeit anzukämpfen. Sie krallte sich an den Erinnerungen fest und wollte sie nicht mehr loslassen, in der Hoffnung, mehr darüber zu erfahren, wie sie an diesen Ort gelangt war.

Der Fremde! Er war ein wichtiger Anhaltspunkt. Wenn er noch lebte, könnte er der Polizei vielleicht einen Hinweis darüber geben, wo man sie versteckt hielt. Wenn er noch am Leben war ...

Kurz bevor Kimberly dem Mann die Tür vor der Nase zugeschlagen hatte, war ein Schatten hinter ihm aufgetaucht. Wenig später war der Fremde zu Boden gegangen, und die Tür war ins Schloss gefallen.

Was war wohl mit ihm passiert? Hielt man ihn auch gefangen? Vielleicht war sie nicht allein hier unten in diesem kalten Verlies. Vielleicht gab es noch weitere Räume, Kammern oder was auch immer, in denen der Fremde jetzt lag und ebenso wie sie darum kämpfte, nicht wieder einzuschlafen.

Sie war so müde. Sie hatte längst aufgehört, zu versuchen, ihre Arme und Beine von den Fesseln zu befreien. Carrie wusste, dass sie die wenigen Kraftressourcen, die sie noch besaß, darauf verwenden musste, am Leben zu bleiben. Zu überleben. Bei dem Gedanken daran wurde sie von Panik gepackt. Dies hier war kein Spiel. Für sie ging es tatsächlich darum, hier irgendwann wieder herauszukommen. Und zwar lebendig und nicht tot und verwest.

Ihr Herz hämmerte wie wild gegen ihre Brust, als ihr bewusst wurde, dass sie vollkommen abhängig von dem guten Willen der Gestalt war, die ab und zu nach ihr sah. Was würde mit ihr passieren, wenn diese Gestalt einfach nicht mehr kommen würde?

Carrie bemerkte, wie Hitze in ihr aufstieg, und ihre Atmung immer flacher wurde. Sie kannte diese Panikattacken und war schon oft von ihnen heimgesucht worden. Draußen in der realen Welt hatte sie es geschafft, durch jede Menge Autogenes Training, diese Attacken in Schach zu halten. Doch jetzt? Wie sollte es ihr in dieser Dunkelheit gelingen, wenn es nichts gab, mit dem sie sich ablenken konnte?

Fiona! Der Gedanke an ihre Cousine, die kurz nach ihr zur Madison-Villa gekommen sein musste, gab ihr für den Bruchteil einer Sekunde Hoffnung. Fiona würde sie vermissen, ebenso wie Codie. Aber würden die beiden sich zusammentun und nach ihr suchen? Sie zweifelte nicht daran, dass Fiona es tun würde, aber Codie ...? Natürlich hatte er ihr immer wieder versichert, wie sehr er in sie verliebt sei und wie sehr diese Affäre sich von all seinen anderen Liebschaften unterschied, aber konnte sie sich seiner Loyalität und Liebe wirklich sicher sein?

Außerdem gab es noch eine weitere Unbekannte: Wer weiß, was der Entführer, sie nannte die Gestalt jetzt einfach so, sich hatte einfallen lassen, damit niemand auf die Idee kam, nach ihr zu suchen? Vielleicht ...

In einem Versuch, das Handy in der hinteren Hosentasche wenigstens spüren zu können, lehnte sie sich noch dichter gegen die Wand und rieb sich daran. Da sie keinen Widerstand spürte, schloss sie daraus, dass der Entführer ihr das Mobiltelefon abgenommen hatte. Alles andere wäre in ihren Augen auch unlogisch gewesen.

Was, wenn sie es nie wieder lebend aus diesem Loch schaffen würde? Wenn sie tatsächlich hier sterben würde?

Mit aller Kraft versuchte sie, ihre Gedanken erneut auf etwas anderes zu lenken. Wer könnte ein Interesse daran haben, dass sie von der Bildfläche verschwand?

Kimberly, schoss es ihr durch den Kopf. Sie wäre die Einzige, die von ihrem Verschwinden profitieren würde. Wäre sie aus dem Weg geräumt, würde Codie seiner Ehefrau wieder ganz allein gehören.

Hatte das der Fremde gemeint, als er ihr in aller Hast zugerufen hatte, dass sie auf keinen Fall etwas trinken sollte? Und wenn ja, warum war sie dann jetzt trotzdem hier? Sie hatte penibel darauf geachtet, nichts zu trinken und stattdessen lediglich einen der Cookies gegessen, die Kimberly ihr angeboten hatte. Konnte es sein, dass der Cookie ...

Carrie hörte, wie sich ihr Schritte näherten und drehte ihren Kopf in die Richtung, in der sie den Eingang zu ihrem Verlies vermutete. Wenig später hörte sie, wie die Tür quietschend geöffnet wurde und sich ihr jemand näherte. Wie immer ging die Gestalt äußerst wachsam und vorsichtig vor. Doch dieses Mal war etwas anders, es hörte sich an, als ob die Person humpelte. Carrie hätte schwören können, dass ihr Entführer ein Bein nicht richtig aufsetzte und stattdessen über den Boden schleifte.

»Essenszeit«, sagte die verzerrte Computerstimme, die Carrie längst keine Angst mehr machte.

Der Entführer löste den Knebel um ihren Mund, und sie spürte, wie sich der Krampf in ihren Kiefermuskeln langsam löste. Beinahe hätte sie vor Schmerzen geschrien, so weh tat es.

»W-was gibt es?« Wie immer versuchte Carrie, ihren Entführer in ein Gespräch zu verwickeln. Sie wollte die Hoffnung nicht aufgeben, dass ihm irgendwann ein Fehler unterlief. Bereits nach der Mahlzeit vor ein paar Stunden war ihr nicht mehr schwarz vor Augen geworden. Sie vermutete, dass sie bislang immer von K.O.-Tropfen außer Gefecht gesetzt worden war, doch am Vormittag war es anders gewesen. Sie war nicht wie sonst eingeschlafen und erst Stunden später wieder zu sich gekommen. Im Gegenteil, sie war wach geblieben und hatte dadurch deutlich mehr Zeit gehabt, um sich an die Geschehnisse der vergangenen Tage zu erinnern. Vielleicht würden dem Entführer ja noch weitere Fehler unterlaufen, dachte Carrie.

»Suppe. Mund auf.« Wie immer waren die Antworten der Gestalt kurz und knapp, als wisse sie genau, worauf Carrie aus war.

»Es schmeckt gut«, sagte Carrie nach den ersten Löffeln wärmender Tomatensuppe und wie immer war das nicht gelogen. Die Suppe war wirklich köstlich. Fruchtig, mit einem sehr ausgeprägten Tomatengeschmack und einem Schuss Sahne sowie mediterranen Kräutern. Das Brot schien ebenfalls frischgebacken zu sein. »Kochen Sie selbst?«, fragte Carrie, doch sie wartete vergebens auf eine Antwort.

Nachdem sie fertig gegessen hatte, stand die Gestalt
auf und verschwand – ohne Carrie den Knebel anzule-
gen.

KAPITEL 13

»DCI Brennan?« DI Kevin Peterson öffnete die Tür und steckte vorsichtig seinen Kopf in Conors Büro.

»Ja?« Ohne ihn anzusehen, setzte Conor seine Arbeit am Computer fort. »Was gibt's?«

»Miss Fitzgerald ist hier und möchte Sie sprechen.« Kevin Peterson räusperte sich, trat ein und schloss die Tür. »Ich glaube, es ist wichtig. Zumindest scheint sie sehr aufgelöst zu sein.«

»Fiona ist hier?« Conor unterbrach seine Arbeit, rollte mit dem Schreibtischstuhl ein wenig zurück und stand auf. »Sie soll reinkommen. Sie müssen sie doch nicht extra anmelden, Peterson.« Conor zwinkerte dem DI zu und ging zur Tür.

»Sir, ich wollte nur auf Nummer sichergehen«, antwortete dieser beinahe entschuldigend.

»Schon gut. Wo ist sie?« Conor öffnete die Tür und trat in den Flur hinaus. Fiona saß auf einem der hinteren mit grünem Cord bezogenen Stühle und betrachtete eines der vielen Bilder an der Wand. Es zeigte die Titanic, die einst in Belfast gebaut und vom Stapel gelaufen war.

»Fi? Das ist ja mal eine Überraschung.« Er breitete die Arme aus und drückte sie fest. »Was machst du hier?«

»Ich muss mit dir reden. Es ist wirklich dringend. Es geht um Carrie«, flüsterte Fiona, als wolle sie nicht, dass jemand den Grund ihres Besuches mitbekam. Kevin Peterson pfiff vor sich hin, als habe er nicht verstanden, warum Fiona auf dem Revier erschienen war, und verabschiedete sich höflich, während Conor Fionas Hand umfasste und sie in sein Büro führte.

»Hier arbeitest du also«, sagte Fiona und schaute sich in dem kleinen Raum um. »Ich kann nicht glauben, dass ich noch nie hier bei dir auf dem Revier war.« Sie lächelte und sah vom Fenster in den Innenhof des Reviers, wo einige Polizisten beim Lunch zusammensaßen.

»Ich kann nicht glauben, dass ich es tatsächlich versäumt habe, dir meinen Arbeitsplatz zu zeigen. Sorry.« Conor stellte sich zu ihr und umfasste ihre Taille.

»Ach, schon gut. Sonderlich spannend ist es ja nun auch wieder nicht.« Fiona lächelte und lehnte sich an Conors Schulter, als könnte sie gar nicht genug von seiner Nähe bekommen.

»Also, was verschlägt dich zu mir ins Büro?« Conor streichelte ihre Schulter und sog ihren lieblich-blumigen Duft ein, den er so sehr liebte.

»Carrie«, sagte Fiona und fischte ihr Handy aus ihrer Handtasche. »Sie hat sich bei mir gemeldet. Lies mal.« Sie reichte ihm ihr Mobiltelefon.

Er kniff die Augen zusammen, um die kleine Schrift auf dem Display besser lesen zu können. *Mist, er sollte sich wirklich angewöhnen, seine Lesebrille ständig dabei zu haben.*

Liebe Fiona. Sorry, dass du erst jetzt von mir hörst. Die vergangenen Tage waren zu aufwühlend für mich. Nachdem Codie sich von mir getrennt hat, habe ich einfach rot gesehen ... Es sind Dinge passiert, für die ich mich entsetzlich schäme. Bitte suche nicht nach mir. Ich brauche Ruhe und Zeit für mich allein. Carrie

Conor stutzte und las die Nachricht ein zweites Mal, als wolle er deren Echtheit überprüfen.

»Was hältst du davon?« Fiona sah ihn mit großen Augen an und wartete gespannt auf seine Antwort.

»Puh, schwer zu sagen. Aber immerhin haben wir jetzt einen Anhaltspunkt. Vielleicht lässt sich zurückverfolgen, von wo aus, die Nachricht abgeschickt worden ist. Dann hätten wir wenigstens eine Spur.« Er nahm Fionas Handy und ging damit zum Schreibtisch hinüber, von wo aus er wenig später mit einem seiner Kollegen telefonierte.

»Ich fürchte, du wirst heute ohne dein Handy auskommen müssen«, sagte er, nachdem er aufgelegt hatte. »Schaffst du das?« Er sah sie herausfordernd an und zwinkerte ihr zu.

»Sehr witzig.« Fiona zog eine Grimasse. »Meinst du, Carrie hat die Nachricht geschrieben?«

»Sie könnte genauso gut von ihrem Entführer oder den Leuten, die sie gefangen halten, stammen. Falls sie tatsächlich gefangen gehalten wird.« Conor zuckte mit den Schultern. Dieser Fall bereitete ihm allmählich mehr Kopfzerbrechen, als ihm lieb war. »Wir müssen abwarten.«

»Diese Art von Nachricht ist so untypisch für Carrie. Normalerweise verschickt sie eher Sprachnachrichten. Außerdem ...« Fiona machte eine Pause und dachte nach.

»Was?«

»Carrie hätte niemals erst Tage später von sich hören lassen.«

»Das sehe ich auch so. Wahrscheinlich hat derjenige, der für ihr Verschwinden verantwortlich ist, die

Nachricht geschickt. Und wenn dem tatsächlich so ist, war das verdammt leichtsinnig von ihm. Aber irgendwann macht jeder einen Fehler, und dann fliegen sie alle auf.« Conor lächelte. Er musste es schaffen, Fiona Mut zu machen. Er hasste es, dass sie in den vergangenen Tagen so niedergeschlagen gewesen war. Es passte gar nicht zu ihr. Klar, ihre Cousine war verschwunden, das zog sie runter. Doch die Fiona, die er kannte, hätte die Ärmel hochgekrempelt und alles darangesetzt, Carrie zu finden. Die Fiona, die nun vor ihm stand, schien jedoch vollkommen neben sich zu stehen. Sie wirkte beinahe wie gelähmt auf ihn. Wenn er ihr doch nur helfen könnte …

»Fi?«

»Hm.« Fiona hob ihren Blick.

»Was hast du heute für Pläne?« Conor löste sich von seinem Schreibtisch und kam auf sie zu. Sanft streichelte er ihre Wange.

Fiona zuckte mit den Schultern. »Keine Ahnung. Vielleicht werde ich ein wenig in den Botanischen Garten gehen. Ich glaube, frische Luft wird mir guttun.« Sie versuchte, sich an einem Lächeln, doch es war unübersehbar, wie sehr ihr die Situation zu schaffen machte.

»Vielleicht beruhigt es dich, dass die Fahndung nach Carrie seit dem frühen Morgen aktiv ist. Drei meiner Kollegen sind dazu abgestellt worden, den Hinweisen nachzugehen. Wir werden sie finden.« Conor lächelte erneut, in der Hoffnung, Fiona würde ihm nicht ansehen, wie sehr auch er besorgt war. Er hatte ihr nicht erzählt, dass einige Polizisten bereits am Tag nach Carries Verschwinden die Madison-Villa auf der Suche nach ihr auf den Kopf gestellt hatten. Jeder Raum war durchsucht worden. Sogar im Keller hatten sie nachgesehen, da Conor und Kevin Peterson davon ausgegangen waren, dass Carrie die riesige Villa niemals verlassen hatte.

Doch die beiden Inspectors hatten sich geirrt, und die Suche nach ihr war ergebnislos zu Ende gegangen.

Er hatte Fiona nichts gesagt, um sie nicht noch weiter zu entmutigen. Trotzdem wunderte er sich, dass sie noch nicht einmal selbst darauf gekommen war, die Villa zu durchsuchen. Irgendetwas stimmte nicht mit ihr.

»Verheimlichst du mir etwas, Fi?« Er nahm ihr Gesicht zwischen seine Hände und schaute in ihre moosgrünen Augen.

»Was?« Sie schaute ihn verschreckt an, als habe er sie bei etwas Verbotenem ertappt.

»Ich habe das Gefühl, als würdest du mir nicht die ganze Wahrheit sagen, was diesen Fall betrifft.« Seine Miene wurde ungewohnt ernst. Wenn sie ihm Details zu Kimberlys Tod und Carries Verschwinden vorenthalten hatte, könnte das ungeahnte Konsequenzen haben – für ihn und für sie.

Fiona seufzte. »Ich weiß nicht, ob es von Bedeutung ist, aber als ich an dem Tag bei Kimberly war, habe ich eine Beobachtung gemacht. Zunächst hielt ich sie nicht für wichtig, da ich ja nicht wusste, dass Carrie verschwunden war. Aber je mehr ich seitdem darüber nachdenke ...« Sie machte eine Pause und schluchzte. Eine Träne lief ihr über die Wange, und Conor wischte sie mit seinem Zeigefinger fort.

»Was ist denn los?«, fragte er behutsam und zwang sich, nicht sauer auf sie zu sein.

»Als ich Kimberly gegenüber saß, standen auf einem kleinen Servierwagen zwei Teetassen und Cookies. Ich hatte mich gewundert, weil die Tassen benutzt waren. Vor allem aber fragte ich mich, warum Kimberly es so wichtig war, dass ich davon nichts zu mir nehme. Sie sagte, es handele sich um Reste vom Vortag, und dass ich sie gar nicht weiter beachten sollte.«

»Ein Servierwagen, sagst du?« Conor rieb sich mit der Hand über das stoppelige Kinn. »Als wir im Raum waren, habe ich keinen Servierwagen gesehen.«

»Das ist es ja. Er war auf einmal verschwunden.«

»Hast du den Raum zwischendurch verlassen?«

Fiona nickte. »Ja, für etwa zwei, drei Minuten, nachdem ich dich angerufen hatte. Ich bin zur Tür gegangen, um auf dich zu warten.«

»Also muss jemand in der Zwischenzeit dort gewesen sein und den Servierwagen aus dem Raum geschoben haben. Aber wer? Und wohin ist er danach verschwunden?«

»Zunächst dachte ich, dass es dieser Golflehrer gewesen sein könnte, aber er hat ausgesagt, dass er fluchtartig das Haus verlassen hat, als ich um Hilfe gerufen habe. Das wiederum deckt sich ja auch mit dem plötzlichen Windhauch, den ich gespürt habe.«

»Dann wird es derjenige gewesen sein, der Jeremy Jones einen Schlag auf den Hinterkopf verpasst hat. Diese Person muss sich im Haus befunden und mit Kimberly gemeinsame Sache gemacht haben. Immerhin scheint es so, dass diese Person Jeremy Jones mit dem Schlag davon abhalten wollte, Carrie zu warnen.«

Fiona nickte. »Eine gruselige Vorstellung, dass jemand – ähnlich wie ein Phantom – durch die Madison-

Villa geschlichen ist, und wahrscheinlich alles mit angesehen hat. Carries Verschwinden, Kimberlys Tod …
und das alles, ohne zu helfen.«

»Vielleicht wollte diese Person nicht helfen, weil genau diese Person, die wir suchen – das Phantom, wie du
so schön sagst – gar nicht wollte, dass Carrie und Kimberly geholfen wird. Was, wenn diese Person der
Schlüssel zu unserem Fall ist? Was, wenn dieses Phantom hinter dem Mord an Kimberly und Carries Verschwinden steckt?«

Fiona schüttelte sich. »Du meinst, jemand hat zunächst Carrie aus dem Weg geschafft und anschließend
Kimberly? Aber warum?«

Conor schüttelte den Kopf. »Ich weiß es nicht, aber es
muss irgendeinen Zusammenhang geben, den wir bislang übersehen haben.« Er rieb sich über die Stirn und
legte den Kopf in den Nacken. Dann setzte er sich an
den Schreibtisch und wühlte sich erneut durch die Dateien, die auf Codie Madisons Computer sichergestellt
worden waren. Einen Ordner hatte er noch nicht geschafft durchzusehen. Er war unscheinbar, beinahe
versteckt und auch nicht betitelt gewesen. Lediglich
durch Zufall waren Kevin und er über diesen *Neuen
Ordner* gestolpert. Er bewegte die Maus darauf und öffnete ihn.

»Ist ja interessant«, murmelte er, während er die Dateien genau studierte. Dann sprang er plötzlich auf,
griff nach seinem Jackett und lief zur Tür. »Fi, komm
mit. Ich brauche jetzt dringend deine Hilfe! Ich erkläre
dir alles im Auto.«

KAPITEL 14

Es dauerte eine Weile, bis sich die Tür der Madison-Villa öffnete. Fiona kam es so vor, als hätte sie gerade ein Déjà-vu gehabt. Nur, dass bei diesem Besuch keine Meute sensationslüstiger Journalisten vor dem Tor wartete. Überhaupt schien das Interesse an dem Madison-Mord, wie er in den Medien zunächst betitelt worden war, stark abgenommen zu haben. Zwar wurde in den Klatschblättern immer noch darüber berichtet, aber längst nicht mehr so viel wie in den ersten Tagen nach dem Mord. Stattdessen hatten die Medien damit begonnen, Kimberlys Leben auseinanderzunehmen, und zeichneten von ihr das Bild einer armen, reichen Lady, die viele Jahre unglücklich in ihrem goldenen Käfig gesessen hatte.

»Oh, hallo. Was kann ich für Sie tun?« Eine freundlich lächelnde Miss Hamilton öffnete Conor und Fiona die Tür.

»Wir würden gern mit Codie Madison sprechen. Ist er im Haus? In seiner Praxis haben wir ihn leider nicht antreffen können«, sagte Conor und erwiderte das Lächeln.

Miss Hamilton wirkte auf Fiona immer noch wie ein Mitglied der Addams Family. Sie fragte sich, wie eine so junge Frau, so wenig aus sich machen konnte. Miss Hamilton hatte durchaus ein sehr hübsches Gesicht, auch wenn ihre Haut weiß, wie die von Schneewittchen war. Ihre schwarzen Haare hatte sie heute zu zwei strengen Zöpfen geflochten, die am Hinterkopf zu einer Art Kranz zusammengebunden waren. Das kleine goldene Kreuz, das sie um ihren langen, schlanken Hals trug, stand im starken Kontrast zu ihrer Blässe und stach dadurch besonders hervor. Fiona fragte sich, wie alt sie wohl war. Vor ein paar Tagen hatte sie diese noch auf Mitte, Ende Vierzig geschätzt, doch es war nicht auszuschließen, dass sie deutlich jünger war. Zumindest hätte man von ihrer Haut, auf der sich kaum eine Pigmentierung oder Falte zeigte, darauf schließen können.

»Er ist heute früh aus dem Haus gegangen, müsste aber bald zurück sein. Immerhin habe ich den Lunch schon vorbereitet. Möchten Sie vielleicht hier auf ihn warten?«, fragte Miss Hamilton und trat einen Schritt beiseite, damit Conor und Fiona ins Haus gehen konnten.

»Vielen Dank«, sagte Fiona und schob sich dicht an der Haushälterin vorbei, um sie noch genauer betrachten zu können. Sie konnte nicht älter als sie selbst sein, dachte Fiona und ging weiter.

»Möchten Sie in der Bibliothek warten oder lieber im Wohnzimmer? Wenn Sie möchten, können Sie auch zu mir in die Küche kommen, dann sind Sie nicht so allein.« Miss Hamilton lächelte scheu und drehte sich um.

»Wir kommen gern mit Ihnen mit«, antwortete Conor und folgte der Haushälterin durch den Flur. »Wie alt ist dieses Haus eigentlich?«

»Ach, das hat schon ein paar Jahre auf dem Buckel. Die Madisons haben es vor etwa zehn Jahren gekauft, aber ich denke, es wurde bereits vor knapp fünfzig Jahren gebaut. Mr. Madison kann Ihnen dazu aber genauere Auskunft geben.« Miss Hamilton schritt langsam den ungewöhnlich langen Flur entlang, von dem zahlreiche Türen in die jeweils anliegenden Räume führten.

Die Villa war riesig und maß mindestens fünfhundert Quadratmeter. Es musste hier unzählige Zimmer geben. Wenn Miss Hamilton allein hier beschäftigt war, hatte sie garantiert alle Hände voll zu tun, um das Haus sauber zu halten.

»Wie viele Räume gibt es hier? Ich meine, dieses Haus ist riesig«, sagte Fiona und sah zur Decke, von der ein riesiger, kitschig-goldener Kronleuchter herabhing.

»An die fünfzehn Zimmer sind es, oder?«, meinte Conor und biss sich auf die Lippe, woraufhin Miss Hamilton nickte.

»Woher wusstest du das?«, flüsterte Fiona und zog Conor am Arm.

»Nur geschätzt.«

»Aha.« Fiona betrachtete ihn skeptisch. Verheimlichte er ihr irgendetwas? Sie runzelte die Stirn und versuchte, in seinen Augen zu lesen, doch Conor drehte sich von ihr weg und ging weiter.

»So, hier wären wir. Kaffee?« Miss Hamilton öffnete die Tür zur großen Landhausküche, die ebenso gut in einem großen irischen Cottage hätte stehen können. Sie ging zu einer der beiden Kücheninseln und stellte sich vor einen riesigen Kaffeevollautomaten, den Fiona bislang nur in Cafés gesehen hatte.

»Ich würde einen Cappuccino nehmen«, sagte sie und setzte sich an den kleinen runden Esstisch, der gegenüber vom Herd stand.

»Ich auch, danke.« Conor setzte sich ebenfalls.

»Kommt sofort«, sagte Miss Hamilton, holte zwei Tassen und drückte auf den Startknopf.

»Arbeiten Sie schon lange für die Madisons?«

»Seit knapp fünf Jahren. Sie haben mich direkt von der Haushaltsschule, auf die ich gegangen bin, abgeworben. Ich habe ziemliches Glück gehabt«, erzählte die Haushälterin, die während des Gesprächs mit Conor und Fiona regelrecht aufzublühen schien.

»Dann sind Sie ...?«

»Siebenundzwanzig«, antwortete Miss Hamilton und errötete.

»Dann haben wir ja beinahe das gleiche Alter. Ich bin Fiona.« Sie streckte die Hand aus, die Miss Hamilton sofort ergriff und kräftig schüttelte.

»Margaret, aber alle, die mich kennen, nennen mich Maggie.«

»Scheint so, als wäre dieser Job ein Glücksgriff für Sie, Maggie.« Fiona sah sich in der Küche um. Sie hatte noch nie zuvor in einer so großen Küche gestanden. Von hier aus hätte man locker eine ganze Kompanie versorgen können.

»In der Tat, das war es. Ich hätte mir von Anfang an keinen besseren Arbeitgeber vorstellen können. Die Madisons ...« Sie schluckte, als bliebe ihr beim Gedanken daran, dass von dem Ehepaar nur noch der Ehemann übrig geblieben war, die Spucke weg. »... die beiden waren immer sehr großzügig zu mir. Ich habe es immer gut hier gehabt, ganz anders als einige meiner ehemaligen Mitschülerinnen, die mit ihren Chefs nicht so viel Glück hatten. Ich habe sogar einen festen freien Tag bekommen. Das ist großartig.«

»An dem Tag, an dem Kimberly Madison ermordet wurde, hatten Sie auch Ihren freien Tag, oder?«, fragte Conor so unvermittelt, dass es selbst Fiona überraschte.

»Ja, leider. Ich wünschte, ich wäre an dem Tag im Haus gewesen. Vielleicht hätte ich dann etwas am Geschehen ändern können«, antwortete Maggie Hamilton, ohne auch nur eine Sekunde mit der Wimper zu zucken.

»Miss Hamilton«, sagte Conor, nippte an seinem Kaffee und strich sich über das Jackett. »Ist Ihnen an dem Tag irgendetwas Besonderes aufgefallen?«

»Das habe ich doch alles schon Ihrem Kollegen erzählt.«

Conor sah sie eindringlich an. »Ich würde mich aber freuen, wenn Sie es auch mir noch einmal erzählen könnten.«

Maggie seufzte. »Natürlich.« Sie ging zum Herd hinüber und rührte in einem großen Topf herum. Es roch köstlich nach Irish Stew, Kohl mit geschmortem Lammfleisch. »Wie immer habe ich das Haus bereits am frühen Morgen verlassen. Ich sage, wie immer, da meine freien Tage sich beinahe bis aufs Blut ähneln. Montags besuche ich meine Mutter im Altenheim. Ich nutze den Tag aus, damit wir möglichst viel miteinander unternehmen können. Manches Mal gehen wir shoppen, ein anderes Mal gehe ich mit ihr in den Park. Sogar im Kino sind wir beide schon gewesen.« Maggie Hamilton schmunzelte bei der Erinnerung daran.

»Was haben Sie an diesem Montag gemacht?«, hakte Conor nach.

»Nichts Besonderes. Meiner Mutter ging es leider nicht sehr gut, daher sind wir lediglich ein wenig spazieren gegangen und haben im Park-Pavillon einen Tee getrunken.«

»Und wann sind Sie wieder zurückgekehrt? Ich kann mich nicht daran erinnern, dass ich Sie an dem Tag hier in der Villa gesehen habe«, sagte Conor, und Fiona fragte sich, worauf er hinauswollte.

»Nein, das stimmt. Es ist spät geworden. Ich habe mich an diesem Tag abends noch mit einer Freundin getroffen und dadurch erst auf dem Heimweg von Mrs Madisons Tod erfahren. Als ich zurückgekommen bin, war das Haus bereits menschenleer und auch Mr Madison war noch nicht zurück.« Maggie Hamilton rührte gedankenverloren in dem Topf. »Ich bin gleich auf mein Zimmer gegangen und habe ihn erst am nächsten Morgen zum Frühstück gesehen.«

»Hm.« Conor fuhr sich mit dem Zeigefinger über die Lippen. »Sie wissen also nicht, wann Mr. Madison an diesem Abend nach Hause gekommen ist?«

Maggie Hamilton schüttelte den Kopf. »Nein, ich kontrolliere meinen Boss nicht, falls Sie darauf hinauswollen.«

»Nein, natürlich machen Sie das nicht«, sagte Conor rasch und nahm einen weiteren Schluck von seinem Kaffee. »Aber, es könnte ja sein, dass er schon im Haus gewesen ist, als Sie nach Hause gekommen sind, oder?«

»Natürlich. Es kann sein, dass er bereits im Bett gelegen hat, als ich nach Hause gekommen bin. Aber ich kann mich nicht daran erinnern, sein Auto in der Auffahrt gesehen zu haben. Hundertprozentig kann ich das allerdings leider nicht sagen.« Maggie Hamilton nahm den Topf mit dem Irish Stew vom Herd. »Möchten Sie mitessen? Ich glaube, Mr. Madison ist gerade vorgefahren.« Sie warf einen hastigen Blick aus dem Fenster und beeilte sich, den Tisch in der Küche zu decken.

»Mr. Madison isst hier bei Ihnen in der Küche?«, fragte Conor verwundert.

»M-mittags haben die Madisons oft hier gegessen, weil es schlichtweg gemütlicher war, als im großen Esszimmer. Man kann sich in dem großen Haus ziemlich einsam fühlen, müssen Sie wissen.« Sie stellte Teller auf den Tisch und legte Messer, Gabel und einen Löffel dazu.

»War Kimberly denn einsam?«, fragte Fiona.

»Welche Frau wäre das nicht, wenn sie mit einem Mann wie Codie Madison verheiratet ist.« Maggie Hamilton lief rot an und biss sich auf die Lippe. »Entschuldigung, es steht mir als Angestellte nicht zu, so über meinen Chef zu sprechen.«

»Ich verrate Sie nicht.« Fiona zwinkerte ihr zu und stand auf, als die Tür aufgerissen wurde und Codie in die Küche stürmte.

»Maggie, was gibt's zu futtern?«, fragte er und stellte sich zu Maggie an den Herd. Für Fionas Empfinden ein wenig zu dicht, wenn man bedachte, dass Maggie Codies Haushälterin war. Auf der anderen Seite wunderte sie sein Verhalten nicht. Er war ein Mann, der prinzipiell darum bemüht war, dass der Abstand zwischen ihm und einer Frau nie zu groß geriet.

»Irish Stew«, antwortete Maggie und füllte ein wenig des Stews in eine weiße Servierschüssel. »Das magst du doch so gern.«

»Mein Leibgericht!«, schwärmte Codie, rieb sich den Bauch und streckte sich. »Was für ein Tag!«

Fiona hätte dem Gespräch zwischen Maggie und Codie gern noch ein wenig länger gelauscht, denn die beiden schienen sehr vertraut miteinander zu sein, doch Conor räusperte sich, um auf Fiona und sich aufmerksam zu machen, woraufhin sich Codie überrascht umdrehte. Offenbar hatte er bislang gar keine Notiz von den beiden genommen.

»Huch, haben Sie mich jetzt erschreckt«, rief Codie und setzte sich zu Conor an den Tisch. »Wollen Sie mitessen? Maggies Stew ist der beste weit und breit.« Er grinste, als Maggie mit der Servierschüssel zu ihnen kam.

»Warum nicht«, meinte Fiona, bevor Conor die Chance hatte, zu antworten, und setzte sich zurück an den Tisch. Sie wollte unbedingt mehr von dieser besonderen Stimmung, die offenbar zwischen Codie und Maggie herrschte, einfangen. Irgendetwas stimmte hier nicht. »Es riecht absolut köstlich.«

»Ich hoffe, Sie haben ausreichend gekocht. Wir möchten auf keinen Fall jemandem etwas wegessen«, sagte Conor und schaute Fiona verdutzt an.

»Kein Problem. Ich koche immer mehrere Portionen und friere den Rest ein, damit Cod... Mr Madison etwas hat, wenn ich mal außer Haus bin. Montags zum Beispiel.« Wie selbstverständlich setzte Maggie sich zu ihnen an den Tisch und füllte die Teller. »Guten Appetit.«

»Guten Appetit.«

Das Essen war so köstlich, wie es bereits geduftet hatte. Fiona hätte noch eine Portion verdrücken können, auch, weil die Situation am Tisch eine ganz besondere war. Die Vertrautheit, die zwischen Maggie und Codie herrschte, war nicht zu übersehen, und Fiona fragte sich, ob zwischen den beiden mehr war als nur ein sehr gutes Verhältnis zwischen Boss und Angestellter. Das eine ums andere Mal sprach Maggie Codie mit seinem Vornamen an, nur um sich dann kurz darauf wieder zu korrigieren.

»Ach, machen wir uns nichts vor, ich denke, Sie haben längst mitbekommen, dass wir Du zueinander sagen«, sagte Codie schließlich und lächelte. »Wir halten es hier im Haus nicht so förmlich, und für Maggie sind wir schon von Anfang an einfach nur Codie und Kimberly gewesen«, erklärte er.

»Jeder, wie er mag«, meinte Conor diplomatisch und schob den Teller beiseite. »Miss Hamilton, das Essen war wirklich großartig. Sehr lecker. Vielen Dank.«

»Ich danke Ihnen und freue mich, dass es Ihnen geschmeckt hat«, antwortete Maggie, stand auf und begann damit, den Tisch abzuräumen.

»Aber Sie sind doch nicht nur hierhergekommen, um mit uns Stew zu essen, oder?« Codie legte den Kopf schräg und trank einen Schluck von seinem Guinness.

»Sie haben es erfasst. Können wir ungestört reden?« Conor sah sich in der Küche um.

»Natürlich. Gibt es Neuigkeiten von Carrie? Gehen wir ins Wohnzimmer.« Codie stand auf und ging zur Tür, während Conor Fiona einen Blick zuwarf, der ihr sagte, dass sie in der Küche bleiben sollte.

KAPITEL 15

»Warten Sie, ich helfe Ihnen.« Fiona stand auf und stellte die Teller zusammen, während Maggie das restliche Irish Stew in mehrere kleine Tupperdosen füllte. »Ach, lass doch. Du bist hier Gast«, sagte sie und widmete sich unbeirrt ihrer Arbeit. »Tut mir leid, jetzt habe ich Du gesagt.«

»Kein Problem. Und ich helfe gern. Wo ist der Geschirrspüler?« Fiona nahm die Teller in die Hand und sah sich in der großen Küche um.

Maggie lachte laut auf. »Wir haben keinen Geschirrspüler.«

»Was?« *Das konnte doch nicht wahr sein!*

»Jetzt müsstest du mal dein Gesicht sehen.« Maggie lachte noch immer und schüttelte den Kopf, während es Fiona schwerfiel, zu glauben, dass diese riesige Küche zwar einen Dampfgarer und zwei Backöfen, aber keinen Geschirrspüler beheimatete.

»Das überrascht mich jetzt doch. Ach, was sag ich, ich bin tatsächlich geschockt«, gab Fiona zu und musste ebenfalls lachen.

»Wie gesagt, du musst mir nicht helfen.« Maggie winkte ab und legte die Deckel auf die unterschiedlich großen und kleinen Dosen.

»Jetzt helfe ich dir erst recht!« Fiona stellte das Geschirr neben das Spülbecken und krempelte die Ärmel ihres Wollpullovers hoch. »Ich würde dringend einen Gehaltszuschlag verlangen. Also wirklich ... kein Geschirrspüler«, murmelte sie, während sie den Wasserhahn aufdrehte und sich das Spülbecken langsam füllte.

»Ach, ich arbeite wirklich gern hier. Codie und Kimberly sind tolle Chefs. Beziehungsweise Kimberly war eine tolle Chefin. Ich habe es sehr gut bei ihr gehabt. Aber das sagte ich ja bereits.« Maggie stellte die einige der Vorratsdosen ins Gefrierfach und lehnte sich anschließend neben Fiona an die Spüle. »Abwaschen oder abtrocknen?«

»Lieber abtrocknen«, sagte Fiona und griff zum Handtuch.

Eine Weile sagte keine der beiden etwas. Jede ging ihrer Arbeit nach.

»Woher kanntest du Kimberly?«, fragte Maggie schließlich und hielt inne.

»Wir sind zusammen zur Schule gegangen. Daher kenne ich auch Codie. Warum?«

»Ich wundere mich nur, warum ich dich noch nie hier im Haus gesehen habe. Offenbar wart ihr ja so was wie befreundet, oder?« Maggie hob interessiert eine Augenbraue.

»Das liegt daran, dass ich seit längerer Zeit schon in Portrush wohne und daher nur noch selten in Belfast bin. Ich habe Kimberly und Codie kürzlich auf einem Klassentreffen wiedergesehen, und Kimberly hat uns anschließend zum Tee hierher eingeladen.«

»Uns? Den DCI und dich?«

»Nein, meine Cousine Carrie und mich«, sagte Fiona. »Wir haben alle zusammen die gleiche Schule besucht.«

»Aha.« Maggie konzentrierte sich wieder auf ihren Abwasch, doch Fiona konnte ihr ansehen, dass sie über das, was sie gerade gehört hatte, nachdachte. »Carrie ist also deine Cousine?«

»Ja«, sagte Fiona überrascht. »Kennst du sie?«

»Kennen wäre übertrieben, aber ich weiß, dass sie Kimberly sehr traurig gemacht hat. Immerhin …« Wieder hielt Maggie inne, als habe sie Angst zu viel zu verraten. »Ich sollte nicht tratschen.«

»Ach, lass nur. Ich habe dir schon mal gesagt, dass ich nichts verraten werde. Codie und ich haben nicht gerade das beste Verhältnis, musst du wissen.« Fiona legte das Geschirrtuch beiseite und drehte sich zu Maggie. »Inwiefern hat Carrie deine Chefin traurig gemacht?«

»Sag bloß, das weißt du nicht?« Maggie ließ die Spülbürste ins Waschbecken fallen und stemmte die Hände in die Hüften. Fiona schüttelte unwissend den Kopf.

»Sie hat sich Codie geschnappt! Viele Monate lang haben die beiden ein Verhältnis gehabt. Ich habe es mit meinen eigenen Augen gesehen, als sie es in der Bibliothek miteinander getrieben haben«, flüsterte Maggie, und Fiona hielt sich beschämt die Hände vor die Augen. Es gab Dinge, die wollte sie einfach nicht wissen, und das Liebesleben ihrer verschwundenen Cousine gehörte eindeutig dazu. Carrie und Codie in der Bibliothek – diese Bilder würde sie wohl nie wieder aus ihrem Kopf bekommen.

»Ich wusste das tatsächlich nicht«, flunkerte Fiona, in der Hoffnung, dass Maggie ihr diese Notlüge abnehmen würde. »Meine Cousine habe ich seit einer Ewigkeit nicht mehr gesehen.«

»Nun ja, jetzt weißt du es. Sie dürfte ziemlich glücklich sein, jetzt, wo ihre größte Konkurrentin tot ist.« Maggies Stimmlage änderte sich, als sie das sagte.

»Das kann ich mir nicht vorstellen, ich meine, Kimberly und Carrie waren doch auch befreundet. Sie wird

darüber bestimmt genauso traurig sein, wie wir alle.«
Fiona betrachtete Maggie, die wieder damit begonnen
hatte, die Teller zu spülen.

»Ich habe sie lange nicht mehr gesehen. Vielleicht hat
Codie sie auch schon wieder zum Mond geschossen. Er
bleibt keiner seiner Geliebten lange treu. Ich habe eine
Menge Frauen kommen und gehen sehen, seit ich hier
in diesem Haus arbeite«, sagte Maggie, die auf einmal
gar nicht mehr verlegen darüber zu sein schien, über
ihre Arbeitgeber zu tratschen. Im Gegenteil, es schien
fast so, als habe sie gerade erst Blut geleckt, und Fiona
würde alles daran setzen, ihren Redefluss nicht zu stop-
pen. Wer weiß, was die Hausangestellte noch alles mitbekommen hatte.

»Codie ist noch nie ein Kind von Traurigkeit gewesen«, sagte Fiona trocken und griff wieder zum Handtuch, nachdem sich die Ablage neben der Spüle erneut
mit Geschirr gefüllt hatte. »Ich hab mich schon lange
gefragt, wie Kimberly das nur ausgehalten hat. Die ganzen Demütigungen über all die Jahre hinweg.« Fiona
übertrieb etwas, schließlich hatte sie die vergangenen
Jahre kaum an Kimberly gedacht. Doch sie musste
Maggie unbedingt noch weiter aus der Reserve locken.

»Es gehören immer zwei dazu, würde ich sagen. Meiner Ansicht nach hat Kimberly viel zu lange die Augen
davor verschlossen, was für ein Spiel Codie mit ihr
trieb.« Wieder biss sich Maggie auf die Zunge.

»Du meinst seine Affären?«

»Ja, unter anderem diese. Kimberly hat das viele Jahre
geduldet, doch vor einem Dreivierteljahr ungefähr war
sie auf einmal ganz verändert. Sie begann regelrecht,
Auseinandersetzungen mit Codie zu suchen. Es kam oft

zum Streit zwischen den beiden. Sogar in meiner Kammer oben unter dem Dach konnte ich ihr Geschrei hören.« Maggie verdrehte die Augen, und Fiona war sich immer noch nicht sicher, ob Maggie nicht auch eine von Codies zahlreichen Liebschaften gewesen war. Doch das würde sie diese natürlich niemals offen fragen.

»War das der Zeitpunkt, als Codie und Carrie ...?«

Maggie schüttele den Kopf. »Nein, es war zu der Zeit, als Kimberly im Lotto gewonnen hat.«

»Sie hat *was?*« Fiona verschluckte sich beinahe an ihrer Spucke.

»Es war lange Zeit ein gut gehütetes Geheimnis. Niemand wusste davon, dass Kimberly auf einmal ebenso millionenschwer war wie Codie.« Sie hielt inne und legte die Hand vor den Mund, als fürchte sie, dass jemand sie belauschen könnte, und flüsterte: »Vielleicht war sie sogar noch reicher als er.« Maggie sah sich um und ging dann zur Tagesordnung über, als sei nichts gewesen. »Doch dann ist er dahintergekommen. Er hat herausgefunden, dass sie noch ein weiteres Konto besaß. Ich sage dir, damals hat es richtig gekracht zwischen ihnen. Kurz darauf ist diese Carrie dann hier aufgetaucht und noch ein paar Wochen später hat Kimberly sich mit diesem Golflehrer eingelassen.« Wieder verdrehte Maggie die Augen. »Manchmal hatte ich das Gefühl, es ging hier zu wie in einem Swingerclub. Es war ein ewiges Kommen und Gehen. Ein Wunder, dass sie sich nie alle zusammen begegnet sind«, sagte Maggie und umfasste das goldene Kreuz an ihrem Hals, als würde es ihr in diesem Haus der Sünde den nötigen Halt geben.

»Meine Cousine ist verschwunden. Sie war an dem Tag, an dem Kimberly ermordet worden ist, auch hier im Haus.«

»Ich habe niemanden gesehen«, antwortete Maggie.

»Ich weiß, du hast montags schließlich immer deinen freien Tag. Ich dachte nur, du wärst ihr vielleicht auf dem Weg begegnet ... als sie das Haus verlassen hat.« Fiona stellte sich neben Maggie, die weitere Vorratsdosen beschriftete.

»Nein, ich habe niemanden gesehen. Ich gehe immer schon sehr früh aus dem Haus, um möglichst viel von meinem freien Tag mit meiner Mutter zu haben.«

»Hm ... okay. Ich mache mir nämlich wirklich Sorgen, musst du wissen. Carrie ... bedeutet mir viel. Sehr viel, um genau zu sein. Dass sie verschwunden ist, macht mir irgendwie Angst.«

»Wenn sie hier im Haus gewesen ist, hat sie vielleicht etwas mit Kimberlys Tod zu tun.« Maggie biss sich auf die Lippe, als habe sie sich zu weit vorgewagt.

»Wie kommst du darauf?«

»Na, es ist doch ein offenes Geheimnis, dass die beiden Frauen sich nicht mochten. Ich meine, immerhin ist Carrie diejenige, die sich Codie geschnappt hat. Welche Ehefrau hätte da schon tatenlos zugesehen und sich ihren Ehemann stehlen lassen? Und Carrie hätte allen Grund gehabt, Kimberly aus dem Weg zu räumen. Genau wie Codie. Wenn du mich fragst, haben die beiden gemeinsame Sache gemacht. Das würde ich Codie natürlich nie ins Gesicht sagen, aber ich weiß zufällig, dass er der Alleinerbe von Kimberlys Vermögen ist. Durch ihren Tod ist er noch reicher geworden. Unfassbar reich sogar ... mit Carrie an seiner Seite.«

»Sie ist aber nicht an seiner Seite, sondern verschwunden, verdammt noch mal«, fluchte Fiona und fiel Maggie derart heftig ins Wort, dass diese zusammenzuckte.

»Ist ja schon gut«, sagte sie und wandte sich von Fiona ab. »Ich hab dir ja nur meine Meinung gesagt. Hier ist nichts so, wie es scheint. Sag das am besten auch deinem DCI.« Mit diesen Worten schnappte sich Maggie den anderen Teil der Vorratsdosen und verschwand damit durch eine Seitentür, hinter der sich vermutlich die Speisekammer verbarg.

Fiona wartete noch eine Weile darauf, dass sie zu ihr in die Küche zurückkehrte, doch als Maggie auch nach zehn Minuten nicht wieder aufgetaucht war, ging Fiona in den Flur und suchte nach Conor.

KAPITEL 16

Im Flur war es dunkel. Alle Türen, die abgingen, waren verschlossen, aber irgendwo musste ein Fenster oder eine Tür geöffnet sein, denn der Wind zog geräuschvoll durch die Gänge. Es war nicht das erste Mal, dass Fiona sich unbehaglich in der Madison-Villa fühlte. Im Grunde genommen hatte sie sich an diesem Ort, der so voller Geheimnisse zu sein schien, noch nie wirklich wohlgefühlt. Auch nicht an dem Tag, als sie Kimberly besucht hatte. Ihre alte Schulfreundin hatte verwirrt gewirkt, war hektisch gewesen und hatte sich immer wieder an die Brust und den Arm gegriffen, als habe sie Schmerzen gehabt. Fiona hatte sie darauf angesprochen, doch Kimberly hatte nur gesagt, dass sie gestresst war und einen Streit mit ihrem Mann gehabt hatte. Zumindest in der Hinsicht deckten sich alle Aussagen der bisherigen Verdächtigen. Alle hatten den lauten Streit zwischen Codie und Kimberly mitbekommen und wussten davon.

Fiona blieb stehen und seufzte. Sie konnte sich nicht mehr genau an den Weg zurück ins Wohnzimmer erinnern, in dem sie Conor und Codie vermutete. Die Türen um sie herum sahen alle gleich aus. Schwere, dunkelbraune Eichentüren mit Türgriffen aus glänzendem Messing.

Sie ergriff den Türknauf der einen Tür rechts neben sich und drehte ihn. Kurz darauf öffnete sich die Tür und Fiona stand in einem Raum, den sie vorher noch nicht gesehen hatte. Es schien eine Art Salon zu sein. In der Mitte des Raumes stand ein großer schwarzer Tisch, vermutlich aus Mooreiche, und dahinter ein

Drehstuhl aus schwarzem, abgenutztem Leder. An den Wänden hingen Fotos der irischen und nordirischen Landschaft. Sie kannte den Küstenabschnitt darauf sehr gut. Es war ein Teil des Giant's Causeway, der in unmittelbarer Nachbarschaft ihres Wohnortes lag.

Fiona seufzte erneut und spürte mit einem Mal eine unfassbare Sehnsucht nach Portrush und ihrer kleinen Bonbonmanufaktur, die sie in dem alten Haus ihrer Großmutter errichtet hatte. Sie war schon viel zu lange nicht mehr dort gewesen. Ursprünglich hatte sie vorgehabt bald zurückzukehren, doch Kimberlys Tod und nicht zuletzt Carries Verschwinden erforderten ihre Anwesenheit in Belfast.

Gestern Abend hatte Fiona mit ihren Eltern gesprochen, die geschockt und traurig auf die Nachricht reagiert hatten, dass von ihrer Nichte jede Spur fehlte. Aber sie hatten Fiona auch versprochen, Carries Eltern vorerst nichts davon zu erzählen. Fiona hielt dies, allein schon vor dem Hintergrund davor, dass sich ihr Onkel und ihre Tante gerade auf einer Kreuzfahrt befanden, für eine gute Entscheidung. Vielleicht würde sich schon bald alles zum Guten wenden und Carrie wieder auftauchen, und dann wären sie ganz umsonst verrückt gemacht worden. Zumindest hoffte Fiona das. Auch wenn sie zugeben musste, dass langsam jegliche Hoffnung aus ihrem Körper wich.

Obwohl sie wusste, dass sie nicht in diesem Zimmer sein sollte, ging Fiona zum Schreibtisch hinüber und setzte sich auf den Drehstuhl dahinter. Sie brauchte ein paar Minuten für sich allein, bevor sie wieder zu den anderen stoßen würde. Conor war wahrscheinlich eh noch mit der Befragung von Codie beschäftigt. Was er wohl inzwischen herausgefunden hatte? Ob er wusste, dass Kimberly eine millionenschwere Lottogewinnerin war? Ihr gegenüber hatte er auf jeden Fall keinerlei Andeutungen gemacht, als sie auf dem Weg zur Villa gewesen waren.

Sie setzte sich in den Stuhl, wippte mit der Rückenlehne ein wenig vor und zurück und lauschte den unbekannten Geräuschen um sich herum. Von irgendwoher drangen Stimmen durch die Wände. Vermutlich von Conor und Codie, daher schenkte Fiona ihnen keine weitere Beachtung. Ihr Augenmerk fiel eher auf einen Mann, den sie zuvor noch nicht gesehen hatte, und der mit einem Rucksack und einer Art Objektiv durch den hinteren Teil des riesigen Gartens schlich. Sie ging zum Fenster hinüber und öffnete eine der Terrassentüren, um den Fremden, der ganz offensichtlich eine Art Paparazzi war, genauer unter die Lupe zu nehmen.

Draußen war es ungewöhnlich kalt für einen nordirischen Wintertag. Ein leichter Nieselregen hatte eingesetzt und legte sich wie eine Art Spinnennetz auf Fionas roten Lockenschopf, während sie die Terrasse entlangging und den Mann dabei keine Sekunde aus den Augen ließ. Als der Fremde sah, dass er beobachtet wurde, sprang er mit einem großen Satz hinter eine hohe Tanne.

»Sie wissen schon, dass ich Sie gesehen habe, oder?«, rief Fiona, woraufhin sich der Mann ergab und langsam hinter dem Baumstamm hervorkam.

»Was machen Sie hier?«, fragte sie mit strenger Stimme, als sei sie die Herrin dieses Hauses. »Das ist ein

Privatgrundstück!« Fiona schielte zu den anderen Terrassentüren hinüber, die nach hinten zum Garten hinausgingen, und fragte sich, warum weder Codie noch Conor mitbekommen hatte, was sich gerade im Garten abspielte. Vielleicht befanden sie sich doch woanders im Haus?

»Es tut mir leid«, antwortete der Mann und kam langsam auf Fiona zu. »Ich habe nur auf ein gutes Foto gehofft.«

Zumindest war er ehrlich.

»Aha. Und von wem, wenn ich fragen darf?«

»Von Codie Madison.«

»Das halten Sie für angebracht? Sie wissen doch, dass Codie Madison gerade um seine Frau trauert.«

»Mit Verlaub, Miss«, sagte der Mann und schielte auf Fionas leeren Ringfinger. »Ich glaube nicht, dass ein Mann wie Codie Madison um seine Frau trauert ... jeder in Belfast weiß, dass diese Ehe schon lange nur noch auf dem Papier existiert hat.«

Fiona verdrehte die Augen. »Ob Sie es glauben oder nicht, auch wenn eine Ehe gescheitert ist, sind Menschen dazu in der Lage, den Tod einer vertrauten Person zu betrauern. Das, was Sie hier machen, ist nichts weiter als geschmacklos. Und ganz nebenbei auch noch Hausfriedensbruch, Störung der Privatsphäre und ...«

»Ach ja?« Der Mann zog eine Grimasse. »Merkwürdig ist nur, dass die Geliebte von Codie Madison genau an dem Tag verschwunden ist, an dem seine Frau das Zeitliche gesegnet hat. Wenn Sie mich fragen, ist das schon ein sehr großer Zufall.«

Fiona fragte sich, woher der Paparazzi von Carries Verschwinden wusste, erinnerte sich jedoch daran, dass die Polizei ja eine Vermisstenmeldung herausgeben hatte.

»Und Sie haben vermutet, dass sich die Geliebte hier im Haus der Madisons aufhält?«, mutmaßte Fiona, während der Paparazzi mit dem Kopf nickte.

»Es wäre nicht das erste Mal, dass Ehemann und Geliebte gemeinsame Sache machen und die ungebetene Ehefrau aus dem Weg räumen.« Er lachte, vielleicht sogar ein wenig dreckig, aber auf jeden Fall schmierig, und Fiona verzog das Gesicht. Bislang hatte sie von solchen skrupellosen Fotografen, die einfach so in die Privatsphäre von Leuten eindrangen, lediglich im Fernsehen gehört. Jetzt einem Paparazzo wahrhaftig gegenüberzustehen, widerte sie förmlich an.

»Wie gesagt, ich finde Ihr Verhalten absolut geschmacklos und möchte Sie bitten, dieses Grundstück auf der Stelle zu verlassen, bevor ich die Polizei rufe. Seien Sie sich sicher, dass diese schneller hier sein wird, als Sie denken.« Fiona stemmte die Hände in die Hüften und versuchte, möglichst bedrohlich zu wirken. Doch der Mann zeigte sich wenig beeindruckt. Trotzdem hob er die Hände und drehte sich um.

»Schon gut, schon gut. Ich werde gehen. Aber sollte diese vermisste Geliebte sich wirklich hier aufhalten, haben Sie mich um eine Menge Geld gebracht. Ich hoffe, das ist Ihnen klar, Miss«, knurrte er, während er den Rückzug antrat.

»Wir haben alle unser Päckchen zu tragen«, rief Fiona ihm hinterher. Er sollte wissen, dass sie keinerlei Mitleid mit ihm hatte.

Sie beobachtete ihn noch eine Weile, bis er neben dem Haus zwischen zwei Rhododendronbüschen verschwunden war, hoffte, dass er auch wirklich gegangen war, und kehrte anschließend zur Villa zurück. Der Nieselregen hatte aufgehört, und es machte den Anschein, als könnte die dünne Wolkendecke langsam aufreißen. Ihr Blick wanderte vom noch grauen Himmel über das Dach bis hin zu … *was war denn das?* Sie hielt inne und kniff die Augen zusammen, um besser sehen zu können. An einer der weiß gestrichenen Dachschrägen entdeckte sie ein schwarzes Loch oder vielmehr etwas, das wie ein kreisrundes Loch aussah. Sie stellte sich auf die Zehenspitzen, als würde sie dadurch besser sehen können, und streckte sich. Das war gar kein Loch. Es war das Objektiv einer Überwachungskamera. Einer Kamera, deren Existenz Codie ihnen bislang verschwiegen hatte …

KAPITEL 17

»Ich frage Sie zum letzten Mal, Codie, was ist an dem Tag passiert, als Ihre Frau gestorben ist?« Conor stand aufgebäumt wie ein nordischer Gott vor Codie Madison, der vor Schreck ganz blass um die Nase geworden war. Die Tatsache, dass Conor von seiner finanziellen Lage erfahren hatte, machte ihm offensichtlich zu schaffen. Es war kaum zu übersehen. Seine Augen wanderten unruhig im Wohnzimmer umher, während sich seine Finger in das dunkelbraune Leder der Sessellehne bohrten. Die Anspannung stand ihm buchstäblich ins Gesicht geschrieben.

Hab ich dich, dachte Conor und konnte sich ein zufriedenes Grinsen auf den Lippen nicht verkneifen. Er bemerkte, wie sich ein Gefühl der Genugtuung in ihm ausbreitete, so wie es immer war, wenn er kurz davor war, einem Verbrecher auf die Schliche zu kommen. Doch noch war es nicht so weit.

Als er Codie Madisons Computer durchforstet hatte, war er auf Bankunterlagen gestoßen, die belegten, dass Codie Madisons Praxis bei Weitem nicht mehr so gut lief, wie die Öffentlichkeit annahm. Im Laufe der vergangenen Jahre hatte sich, nicht zuletzt durch den ausschweifenden Lebensstil, der für Codie Madison bezeichnend war, ein Schuldenberg angehäuft, der Grund genug gewesen wäre, um auf dumme Gedanken zu kommen. Kurzum: Codie Madisons Praxis war tief in die roten Zahlen geraten und stand kurz vor der Pleite. Hinzukam, dass Kimberly Madison eine hohe Lebensversicherung besessen hatte, die im Falle eines vorzeitigen Ablebens automatisch an Codie Madison ausgezahlt worden wäre. Dies in Kombination mit den Schulden des untreuen Ehemanns war in Conors Augen ausreichend genug, um einen Mord zu begehen. Doch es war bei Weitem nicht nur das. Codie Madison hatte seiner Ehefrau immerhin ein Rezept für ein Herzmittel ausgestellt. Er verfügte über das Wissen, wie hoch dieses Mittel dosiert werden müsste, damit es dem Körper nicht half, sondern schadete. Allerdings hatte Codie in Conors Augen einen entscheidenden Fehler gemacht – sollte er wirklich Kimberlys Mörder sein: Er hatte nicht damit gerechnet, dass Fiona Zeugin von Kimberlys Zusammenbruch und Tod werden und die Polizei informieren würde. Wäre Kimberly zusammengebrochen, als sie allein im Haus gewesen war, hätte Codie es wie einen ganz natürlichen Tod aussehen lassen können. Er war schließlich Arzt. Er hätte den Tod seiner Frau jederzeit selbst bestätigen können. Doch jetzt war es anders gekommen. Die Frage war nur: Wo war Carrie, und was hatte sie mit der ganzen Sache zu tun?

Auf Codies Rechner hatte Conor Flugdokumente gefunden. Zwei One-Way-Tickets nach Australien, mit dem Abreisedatum 17. Januar, ausgestellt auf Codie Madison und Carrie Fitzgerald.

»Ich habe Ihnen doch schon alles gesagt, was ich darüber weiß«, sagte Codie und wirkte zunehmend verzweifelt. Seine sonst so feste, fast schon überhebliche Stimme, war brüchig und obwohl es draußen frisch und kühl war, hatten sich Schweißperlen auf seiner Stirn gebildet.

»Du lügst!« Die Tür zum Wohnzimmer wurde aufgerissen und Fiona stürmte herein. Conor schüttelte verdutzt den Kopf. »Conor, er hat uns nicht alles gesagt. Ich habe eine weitere Videokamera entdeckt. Ganz rechts an der Terrasse. Es wird also nicht nur der Vordereingang dieses Hauses, sondern auch der Hintereingang überwacht.« Fiona stemmte die Hände in die Hüften und stellte sich dicht neben Conor.

»Sehr gut«, sagte dieser und schaute seine Freundin voller Stolz an, auch wenn er sich kaum zu fragen traute, woher sie diese Information hatte. Fiona neigte dazu, ihre neugierige Nase in viel zu viele Dinge hineinzustecken, die sie nichts angingen.

»Ich habe sie entdeckt, als ich vorhin auf der Terrasse gewesen bin, um frische Luft zu schnappen«, antwortete Fiona, als habe sie seine Gedanken lesen können. »Ich zeige sie dir. Komm mit.«

Sie wirbelte herum und verschwand im dunklen Flur.

»Na, dann wollen wir mal.« Conor fasste Codie am Arm, der dreinblickte, als käme die Nachricht von einer weiteren Überwachungskamera an seinem Haus ebenso überraschend für ihn, wie für Conor, und dann folgten beide Fiona.

»Das gibt's doch nicht«, knurrte Codie, wobei nicht zu unterscheiden war, ob er wütend oder überrascht war, als er die Überwachungskamera am rechten Ende des Dachüberstands erblickte. »Ob Sie's mir glauben oder nicht, ich habe davon nichts gewusst. Ich sehe das Ding zum ersten Mal.«

Conor glaubte ihm tatsächlich kein Wort. »Das sollen wir Ihnen abnehmen? Dass Sie nicht wissen, was an Ihrem eigenen Haus angebracht ist?« Er schüttelte den Kopf und zog den Gurt um seinen Mantel enger.

»Kimberly muss diese Kamera angebracht haben. Das würde auch erklären, warum sie Carrie und mir auf die Schliche gekommen ist. Carrie ist immer durch die Hintertür ins Haus gekommen und hat es auf diesem Wege auch wieder verlassen, damit man sie auf den Videos der Kamera am Vordereingang nicht sehen konnte. Wir haben geglaubt, dass wir auf diese Art und Weise sicher waren. Tz ... offensichtlich ein Irrtum.« Codie rieb sich mit der Hand über das Gesicht.

»Ich nehme an, du weißt auch nicht, wo die Videos zu finden sind, die zu dieser Kamera gehören?« Fionas ernster Tonfall gefiel Conor und nicht zum ersten Mal dachte er darüber nach, dass aus ihr bestimmt eine gute Polizistin geworden wäre.

»Wenn Kimberly sie tatsächlich installiert hat, befinden sich die Videos vielleicht auf ihrem Rechner.«

»Und wo finden wir den?«, fragte Conor.

»In ihrem Arbeitszimmer.« Codie schob sich an Conor und Fiona vorbei in den Flur. »Folgen Sie mir.«

Sie gingen hinauf in die obere Etage, liefen einen langen, verwinkelten Flur entlang und kamen schließlich vor einer cremeweißen Landhaustür zum Stehen. So dunkel das Untergeschoss der Villa wirkte, desto heller war das Obergeschoss gestaltet. Es war, als bestünde das Haus aus zwei vollkommen unterschiedlichen Wohnungen.

Codie öffnete die Tür zu Kimberlys Arbeitszimmer, das aussah, als sei es einem Rosamunde-Pilcher-Film entsprungen. In einem Romantik-Hotel würde man diesen Raum bestimmt als das Rosenzimmer bezeichnen, dachte Conor beim Blick auf die Rosentapete, die alle vier Wände des Zimmers zierte. Auch wenn er Kimberly kaum gekannt hatte, passte das Zimmer doch zu ihr oder zumindest zu dem Eindruck, den er von ihr bekommen hatte. Es war durch und durch ein Mädchenzimmer, wenn man das so unvoreingenommen sagen konnte.

Conor fing Fionas Blick auf und wusste, dass sie ebenfalls so dachte.

Ein cremefarbener Schreibtisch stand mit Blick in den Garten gerichtet in der Nähe des Fensters, während ein opulenter Schminktisch und ein schmaler Divan mit plüschigen Kissen und einer Wolldecke im hinteren Bereich des Raumes standen.

»Das ist er.« Codie reichte Conor den Laptop, der auf Kimberlys Schreibtisch stand. »Brauchen Sie das Passwort?«

Conor nickte. Natürlich brauchte er das Passwort, wenn er einen Blick darauf werfen wollte.

»Soweit ich mich erinnere, lautete das Passwort *Codielove* mit großem C.« Codie lächelte süffisant, während Conor das Passwort in den Rechner eingab.

Doch nichts tat sich. »Sind Sie sicher? Es scheint so, als habe Ihre Frau das Passwort geändert.« Conor klang bitter und merkte, dass das Gefühl der Genugtuung, das noch vor Kurzem von ihm Besitz ergriffen hatte, aus seinem Körper zu schwinden begann.

»Absolut sicher. Sie hat seit unserer Schulzeit kein anderes benutzt.« Codie runzelte die Stirn, schob Conor rabiat beiseite und gab *Codielove* seinerseits erneut ein. Wieder tat sich nichts.

»Das verstehe ich nicht! Diese blöde Kuh«, schimpfte Codie und fuhr sich nervös durch die Haare.

»Darf ich mal?« Vorsichtig trat Fiona einen Schritt nach vorne. Sie wirkte ungewohnt verunsichert, dachte Conor und fragte sich, woran das liegen könnte. Er hatte Fiona als eine Person kennengelernt, die um Selbstvertrauen nicht verlegen war, doch seit der Geschichte mit Carrie ... Er schämte sich beinahe dafür, dass er nicht genug Zeit für sie hatte, um sie zu trösten und ihr Mut zuzusprechen. Er hatte angenommen, dass es ihr helfen würde, wenn sie ihn – entgegen aller Regeln und jeglicher Vernunft – zu einigen seiner Termine begleiten würde. Doch offenbar hatte es ihr mehr zugesetzt als geholfen. Dabei hatte er doch nur gewollt, dass sie wusste, dass die Polizei nicht untätig im Büro saß und Däumchen drehte.

»Bitte, aber ich glaube kaum, dass du weißt, wie das Passwort lautet.« Codies abfälliger Tonfall, mit dem er zu Fiona sprach, gefiel Conor ganz und gar nicht.

»Ich denke, einen Versuch ist es wert. Mach nur, Fi«, ermunterte er sie.

Fiona stellte sich an den Schreibtisch und tippte etwas ein. Schon wenig später öffnete sich der Desktop, und sie erhielten Zugriff zu Kimberlys Dateien.

»Wow! Was hast du eingegeben?« Es war nicht zu übersehen, wie sehr Conor Fiona für ihren Erfolg bewunderte. Sie hatte ein tolles Näschen, dachte er und lächelte sie an.

»Ich dachte mir, wenn das Passwort früher immer *Codie-love* war, könnte es jetzt vielleicht *Carriehate* sein. Ich weiß, es klingt banal, aber zum Glück lag ich damit richtig.« Fiona erwiderte Conors Lächeln, der sie umgehend zu sich heranzog und ihr einen anerkennenden Kuss auf die Stirn drückte. Job hin oder her, aber genau das war jetzt angebracht. Codie würde ihn schon nicht verpfeifen. Das hoffte Conor zumindest.

»Dann wollen wir mal sehen.« Conor durchsuchte die Dateien, schaute hier und da, wurde aber nicht wirklich fündig. Letzten Endes blieb er an einem Ordner hängen, der nicht mehr als eine Zahlenkombination im Datum trug und klickte darauf.

»Bingo!«, sagte er zufrieden und rieb sich die Hände, als daraufhin tatsächlich der Zugang zu den Videoaufzeichnungen erschien.

»Jetzt müssen wir nur noch das richtige Datum finden.«

KAPITEL 18

Langsam wurde es unerträglich. Carrie hatte in ihrem Leben schon viel ertragen müssen: Wut, Verzweiflung, Trennungsschmerz, Liebeskummer – doch nichts war so schlimm gewesen, wie die Einsamkeit, die sie seit Tagen umgab. Mit der Zeit, die sie in diesem Loch verbrachte, war sogar die Kälte für sie erträglich geworden, doch das Gefühl, niemanden um sich herum zu haben, dem man sich anvertrauen konnte, war ein so beklemmendes Gefühl, dass sie all ihre Kraft darauf verwenden musste, um nicht in Panik zu verfallen.

Sie saß gegen die eiskalte, steinige Wand gelehnt da und hatte die Knie, so gut es ging, angezogen, um sich so klein wie möglich zu machen. Immerhin passte sie so komplett unter die kratzige Wolldecke, die ihr wenigstens ein bisschen Wärme schenkte. Wie spät mochte es gerade sein? Es waren immer wieder die gleichen Fragen, die in ihrem Kopf widerhallten.

Als die Gestalt sie das letzte Mal verlassen hatte, war dieser ein folgenschwerer Fehler unterlaufen, denn sie hatte vergessen, ihr den Knebel wieder in den Mund zu schieben. Dadurch konnte Carrie nun schon seit mehreren Stunden wieder frei atmen, was sie beruhigte und unglaublich genoss. Jetzt, wo sie sich nicht mehr so sehr darauf konzentrieren musste, ausreichend Sauerstoff in ihre Lungen zu pumpen, war es ihr auch gelungen, ein paar weitere Szenen jenes verhängnisvollen Nachmittags bei Kimberly zu rekonstruieren.

Sie konnte immer noch nicht fassen, dass Kimberly, ihre alte Schulfreundin, ihr tatsächlich etwas hatte antun wollen. Oder tat sie es vielleicht sogar noch immer?

War sie die Gestalt, die sich ihr alle paar Stunden näherte, ihr Nahrung und Trinken einflößte und dann wieder verschwand?

In der Dunkelheit, die sie ständig umgab, hatte Carrie nicht viel mehr als ein paar Umrisse wahrnehmen können. Daher konnte sie auch immer noch nicht einschätzen, ob es sich bei der Gestalt um eine Frau oder einen Mann handelte. Auch die Computerstimme gab dazu keine Hinweise. Als Carrie bemerkt hatte, dass ihr Mund frei war, hatte sie zunächst aus vollem Leib geschrien. Immer und immer wieder hatte sie um Hilfe gerufen, aber niemand hatte geantwortet. Irgendwann war ihre Stimme kurz davor gewesen zu versagen, und da das Rufen und Schreien sie Unmengen an Kraft gekostet hatte, war sie schließlich zu dem Entschluss gekommen, sich anders bemerkbar zu machen.

Sie war in dem Raum herumgerobbt, so gut, das eben mit gefesselten Händen und Füßen ging, doch irgendwie hatte sie eine Technik gefunden, die sie langsam vorwärts gebracht hatte. Wie eine Meerjungfrau auf dem Trockenen war Carrie durch den Raum gerobbt und hatte auf diese Weise herausgefunden, dass ihr Verlies aus vier Wänden bestand. Sie hatte sich auch den Kopf gestoßen, als sie gegen etwas geprallt war, das Ähnlichkeit mit einer Treppenstufe oder Leiter hatte. Als sie sich in die Höhe gestreckt hatte, hatte sie das Gefühl, es wäre nicht mehr weit bis zur Decke gewesen. Mittlerweile war sie fest davon überzeugt, dass sie, wenn sie aufstehen könnte, feststellen würde, dass die Kammer, in der sie sich befand, nur knapp so hoch war wie sie.

Carrie legte den Kopf in den Nacken, dehnte ihren Hals leicht und sog die Luft ein. Es war unglaublich, wie sehr man sich auf seine anderen Sinne verlassen konnte, wenn man nicht im Stande war, etwas zu sehen.

Sie erinnerte sich an ein Experiment, das sie in der Schule einmal auf einer Nachtwanderung durchgeführt hatten. Die Lehrer hatten die Klasse in einen dunklen Wald geführt. Niemand hatte ein Licht mitnehmen dürfen, was vor allem die Mädchen als ganz schön gruselig empfunden hatten. Doch nach einer Weile hatten sich ihre Augen an die Dunkelheit des Waldes gewöhnt, und mit der Zeit, war es Carrie sogar gelungen, die Umgebung wahrzunehmen. Sie hatte einzelne Umrisse erkennen können. Bäume und Sträucher, Wege und Lichtungen. Schließlich war es ihr gelungen, aus dem dunklen Wald herauszufinden. Ob ihr das auch jetzt glücken würde?

Carrie schloss die Augen und atmete erneut tief ein. Zum ersten Mal nahm sie bewusst einen anderen Duft als den modrigen Geruch wahr. Sie nahm einen erneuten Atemzug und dann noch einen und noch einen ... bis sie sich schließlich vollkommen sicher war ... es roch nach Essen.

KAPITEL 19

Fiona stand vor dem Zaun der Belfast City Hall und starrte auf das Titanic-Denkmal, das in Erinnerung an den Untergang des wohl berühmtesten Schiffes der Geschichte im Jahr 1920 errichtet worden war. Bereits als kleines Kind hatte sie vor dem Denkmal gestanden und sich die Nase daran platt gedrückt.

Das Denkmal aus weißem Carrara Marmor bestand aus einem hohen Sockel und zeigte insgesamt vier Figuren. Die größte von ihnen stand aufrecht und mittig und sollte, so hatte es ihr Vater ihr einmal erklärt, die weibliche Version von Thanatos, der griechischen Personifizierung des Todes darstellen. In ihrer ausgestreckten Hand hielt die Figur einen schwarzen Lorbeerkranz über die Köpfe der drei Figuren darunter.

Auch jetzt erschauderte Fiona unwillkürlich bei deren Anblick. Zu Füßen der aufrechtstehenden Figur waren zwei Meerjungfrauen zu sehen, die einen toten Seemann über die Wellen trugen.

Vor ein paar Jahren war um die knapp vier Meter hohe Statue ein Titanic Memorial Garden angelegt worden, der jedem Besucher ins Auge rief, wie sehr das Schicksal der Titanic, die einst in Belfast gebaut worden war, auch noch heute mit der Stadt und seinen Einwohnern verbunden war.

Ob jemand auch einen schwarzen Lorbeerkranz über Carrie hielt?, schoss es Fiona unweigerlich in den Kopf.

Conor hatte die ganze Nacht auf dem Revier verbracht und zusammen mit Kevin Peterson einen Großteil der Dateien auf Kimberlys Computer ausgewertet. Heute früh war er kurz zum Frühstück nach Hause gekommen und dann direkt wieder zurück aufs Revier gefahren, nachdem Kevin Peterson ihn hektisch angerufen hatte. Offenbar hatte er eine Entdeckung gemacht, die den gesamten Fall auf den Kopf stellen würde.

»Unternimm bitte nichts, wenn sich das bewahrheitet, was Kevin Peterson gesehen hat, sind wir dem Mörder näher auf der Spur, als er vielleicht denkt«, hatte Conor gesagt und sie schwungvoll geküsst, bevor er das Treppenhaus hinuntergestürzt war.

Seitdem fragte sich Fiona, ob der Mörder von Kimberly und der Entführer von Carrie ein und dieselbe Person war. Sie hoffte es beinahe. Es wäre kaum vorstellbar für sie, wenn Kimberly ihren Plan tatsächlich in die Tat umgesetzt und Carrie an einem geheimen Ort versteckt gehalten hätte und dann selbst gestorben wäre. Gott, sie mochte sich gar nicht ausmalen, wie es Carrie jetzt ging. Was für eine Angst musste sie haben ... *falls* sie noch am Leben war.

Fionas Mobiltelefon klingelte und schreckte sie aus ihren fürchterlichen Gedanken auf. Sie wandte sich von dem Denkmal ab und kramte das Handy aus ihrer Tasche hervor.

Können wir reden?
C.

Fiona zuckte kaum merklich zusammen, als sie die Nachricht las. Sie wusste, dass es ebenso gut eine Falle sein könnte. Dass es höchstwahrscheinlich eine war ... trotzdem war da ein kleiner Funken Hoffnung in ihr, der sie glauben ließ, dass die Nachricht auf ihrem Handy tatsächlich von Carrie stammte.

Ja. Wo bist du?

Fiona schickte die Nachricht ab. Die Antwort folgte innerhalb von Sekunden.

Bei Codie. Kommst du?

Sie tippte mit dem Finger gegen die Oberkante ihres Handys, als würde sie noch einmal darüber nachdenken, was sie gleich antworten würde. Dabei musste sie das gar nicht, denn natürlich würde sie zur Madison-Villa fahren. Aber sie würde nicht so naiv sein, und niemandem davon erzählen.

Mache mich auf den Weg.

Fiona schickte die Nachricht an Carries Mobiltelefon und wählte danach Conors Nummer, doch dieser ging nicht ran. Sie hinterließ eine Nachricht auf seiner Mailbox, legte auf und steckte das Handy zurück in ihre Tasche.

Entschlossen ging sie zur Straße und winkte ein Taxi heran. Sie hatte plötzlich einen Verdacht, wer hinter alldem steckte und ihr diese Nachricht geschickt haben könnte, und es wurde Zeit, dass diese Person jetzt endlich zur Rechenschaft gezogen wurde.

***

Als Fiona wenig später an der Madison-Villa eintraf, sah es so aus, als hätte sich ein Dornröschenschlaf über das Haus gelegt. Die dunkelgrünen Fensterläden an der Vorderseite waren geschlossen worden und auch das schwere Eisentor vor der Auffahrt war verschlossen. Der Taxifahrer setzte Fiona ab und brauste davon, kurz nachdem sie ihm das Geld in die Hand gedrückt hatte. Es machte beinahe den Anschein, als würde er fluchtartig das Gebiet verlassen, was natürlich vollkommener Blödsinn war.

Fiona streifte die Falten auf ihrem Mantel glatt und rückte ihre Wollmütze zurecht, bevor sie die Klingel betätigte. Es dauerte eine Weile, bis Maggie Hamiltons Stimme am anderen Ende der Leitung ertönte.

»Ja, bitte?«

»Maggie, ich bin es Fiona. Würdest du mich reinlassen?«, fragte sie freundlich.

»Aber sicher«, antwortete Maggie ebenso freundlich, und kurz darauf öffnete sich das Tor. Fiona schritt hindurch und ging die Auffahrt entlang. Am Eingang, wartete bereits Maggie auf sie.

»Hallo Fiona. Was machst du denn hier?«, fragte sie neugierig und runzelte die Stirn.

»Ist Codie Madison zu Hause? Ich muss mit ihm reden«, sagte Fiona und hoffte inständig, dass Codie dort war.

»Ja, ist er. Komm rein.« Maggie trat einen Schritt zur Seite, und Fiona gelangte ins Haus. Durch die geschlossenen Fensterläden war es heute noch dunkler als an den vergangenen Tagen. Fiona erschauderte unweigerlich. *Oh, wie sie dieses Haus hasste!*

»Planst du eine Reise?«, fragte Fiona. Ihr waren die Koffer, die neben dem Treppenaufgang standen, nicht entgangen.

»Ich? Nein. Dafür habe ich gar kein Geld.« Maggie winkte ab und lachte. »Die Koffer sind noch leer. Ich hatte sie nur schon vom Dachboden geholt, weil Codie ja ursprünglich verreisen wollte. Doch wie es aussieht, wird daraus nichts werden. Jetzt, wo ...« Sie senkte traurig den Blick.

»Wo ...?«

»Kimberly tot und seine Geliebte verschwunden ist.«

»Natürlich«, antwortete Fiona und ärgerte sich darüber, dass sie so unsensibel gewesen war. »Würdest du Codie sagen, dass ich ihn gern sprechen würde?«

Maggie Hamiltons Mundwinkel zuckten. »Er ist im Zimmer, direkt neben der Küche. Kennst du den Weg?«

Fiona nickte. »Dann kann ich einfach hineingehen?« Sie wunderte sich darüber, dass Maggie Hamilton dieses Mal darauf verzichtete, sie offiziell anzumelden.

»Ich habe deinen Besuch bereits angekündigt, nachdem du unten am Tor geklingelt hast. Er weiß also, dass du ihn sehen möchtest. Kann ich dir irgendetwas bringen? Einen Tee vielleicht?«

»Gern, das wäre lieb.«

»Ich bringe ihn dir sofort.« Maggie lächelte und rauschte an Fiona vorbei in Richtung Küche. Fiona folgte ihr, bis sie vor der Tür des Arbeitszimmers ankam. Sie hob die Hand, um anzuklopfen, als die Haushälterin bereits zurückkehrte. Sie trug ein Tablett auf dem zwei Tassen, eine Kanne Tee und ein paar frischgebackene Cookies lagen. *Das ging aber schnell.*

»Ich habe immer Teewasser auf dem Herd stehen«, sagte sie erklärend, nachdem Fiona sie überrascht angesehen hatte. »Öffnet er nicht?«, fragte sie und runzelte die Stirn.

»Ich habe noch gar nicht geklopft«, gestand Fiona und musste zugeben, dass ihr Zögern lächerlich wirken musste. Schließlich kannte sie Codie seit der Schulzeit, und auch wenn sie eine offene Abneigung gegeneinander hatten, war sie sich doch sicher, dass er ihr nichts antun würde.

»Lass mich mal durch.« Maggie stemmte sich mit Wucht gegen die Tür, nachdem Fiona den Knauf herumgedreht hatte. Sie ging zum Schreibtisch und stellte das Tablett dort ab. Dann schenkte sie den Tee ein und reichte Fiona eine Tasse. Codie lag schlafend auf der Couch hinter ihr.

»Scheint so, als habe er dringend Schlaf nachzuholen.« Fiona drehte sich um und betrachtete den schlafenden Schönheitschirurgen, dessen Gesicht mit dem Belfast Telegraph bedeckt war. Merkwürdig, hatte Maggie Hamilton nicht gesagt, dass sie ihren Besuch angekündigt hatte?

»Er scheint uns nicht einmal zu bemerken«, sagte Fiona. Kurz darauf fiel sie zu Boden.

KAPITEL 20

Die Sichtung des Videomaterials nahm deutlich mehr Zeit in Anspruch, als Conor angenommen hatte. Hinzukam, dass leider nicht alle Dateien vollständig waren. Jemand hatte ganze Arbeit geleistet und die entscheidenden Dateien rechtzeitig gelöscht, bevor die Polizei darauf hatte zugreifen können.

»Was machen wir jetzt?«, fragte Kevin Peterson stöhnend und drückte seinen Rücken durch.

Im Gegensatz zu Conor hatte er das Revier nicht einmal heute Morgen verlassen, um zu frühstücken oder sich frisch zu machen. Er hatte es abgelehnt, sogar als Conor ihm eine Dienstanweisung erteilen wollte, und weiter verbissen jede noch so winzige Datei, die er hatte finden können, gesichtet.

»Es scheint fast so, als würden wir die berühmte Nadel im Heuhaufen suchen.« Kevin klang resignierter, als Conor lieb war. Resignation war einer der schlimmsten Feinde eines jeden Polizisten, kam sie doch einer Art Kapitulation gleich. Doch dafür war es noch zu früh. Sie waren so dicht dran, den Fall zu lösen. Es fehlte nur noch das letzte, entscheidende Puzzleteil, von dem Conor sicher war, dass es sich auf Kimberlys Computer befand.

»Hey, Peterson, wir werden nicht aufgeben, verstanden?«, meinte er streng, stand auf und reichte seinem Kollegen eine Flasche Mineralwasser. »Sie sollten sich wirklich mal eine Pause gönnen. Sie haben ja schon viereckige Augen«, scherzte er und hoffte, dass Peterson dieses Mal auf ihn hören würde. Doch Kevin schüttelte den Kopf.

»Nein, wir geben nicht auf, Sir«, antwortete er verbissen, während er den Blick nicht eine Sekunde vom Bildschirm nahm.

Conor wunderte nicht, dass Kevin so engagiert in diesem Fall agierte. Er hatte dessen Akte noch einmal genauer studiert und nachgelesen, an welchen Fällen DI Kevin Peterson die vergangenen zwei Jahre gearbeitet hatte. Einer der Fälle war ihm dabei besonders im Gedächtnis geblieben. Es handelte sich um das Verschwinden einer jungen Frau, etwa Anfang zwanzig, die nach einer Party in Londonderry/Derry nicht nach Hause gekommen war. Er erinnerte sich noch gut an die Suchaktion, die die Kollegen damals gestartet hatten. Jedes noch so kleine Fleckchen Erde hatten sie unter die Lupe genommen, das hatten sie jedenfalls gedacht. Doch niemand hatte damals die Umgebung, in der die Frau verschwunden war, auch *unter* der Erde durchsucht. Erst als es zu spät gewesen war, hatten sie entdeckt, dass sich ganz in der Nähe des Bauernhofes, auf dem die Party stattgefunden hatte, ein Erdkeller befunden hatte, in der man die Frau gefangen gehalten und versteckt hatte. Sie musste wochenlang dort ausgeharrt und auf Hilfe gewartet haben, doch niemand war gekommen, um sie zu retten. Irgendwann war nicht einmal mehr ihr Entführer, der Besitzer des Hofes und ein vorbestrafter Sexualtäter, zu ihr gekommen, da er, wie sich später herausstellte, einen Autounfall gehabt hatte und verstorben war. Erst als sie das Gebiet erneut mit Leichenhunden durchsucht hatten, waren sie schließlich fündig geworden.

Kevin Peterson war an den Ermittlungen und an der Suche beteiligt gewesen. Seitdem, vermutete Conor, war er wie ein Getriebener, der mit aller Macht versuchte, zu verhindern, dass sich so eine Tragödie noch einmal wiederholte.

Natürlich hatten sie die Madison-Villa von oben bis unten auf den Kopf gestellt und jeden noch so kleinen Winkel nach Carrie abgesucht. Selbst im Keller und in der Gartenhütte waren sie gewesen, doch von Carrie hatte schlichtweg jede Spur gefehlt.

»Wenn sie auf diesen Videos auch nicht zu sehen ist, heißt das, dass sie noch im Haus sein muss. Es sei denn, wir finden den Beweis, dass sie auf einem der Videos zu sehen war, die gelöscht worden sind.« Kevin Peterson schmiss verärgert seinen Kugelschreiber in die Ecke und schob sich vom Schreibtisch weg. Seine Nerven lagen mittlerweile blank, wie Conor nicht entging.

»Es würde keinen Sinn ergeben, Videos zu löschen, auf denen zu sehen ist, dass Carrie am Tag von Kimberlys Tod die Villa verlässt. Der wahre Mörder hätte sie ganz bestimmt nicht gelöscht«, sagte Conor und nahm Kevins Platz vor dem Bildschirm ein. Er sichtete die restlichen Dateien und fand schließlich jene, auf der zu sehen war, wie Jeremy Jones die Villa durch den Garten verließ. Sie hätten sich eine Menge Arbeit erspart, hätten sie das Video bereits vorher gefunden, dachte Conor verärgert und spulte weiter zurück, bis eine weitere Gestalt zunächst am unteren Bildrand durch den Garten huschte und wenig später die Terrasse überquerte.

»Stop!«, rief Kevin auf einmal. Seine Augen waren immer noch gerötet von der Bildschirmarbeit und weit aufgerissen. »Wann war das?« Hastig sah er aufs Datum und checkte die Uhrzeit.

Conors Blick folgte ihm. »Wer hätte das gedacht«, sagte er und lehnte sich zufrieden zurück. Er verschränkte die Arme hinter dem Kopf und betrachtete die Gestalt auf dem Bildschirm. Endlich hatten sie gefunden, wonach sie so lange gesucht hatten. Endlich ergab alles einen Sinn.

In der Tasche seines Jacketts, das er locker über seinen Schreibtischstuhl gehängt hatte, klingelte sein Handy. Langsam, fast ein wenig träge, stand er auf.

Wäre er nur ein wenig schneller aufgestanden, oder hätte er sein Jackett in Reichweite gehabt, wäre es ihm vielleicht gelungen, die Katastrophe, die sich anbahnte, zu verhindern. Doch so kam er zu spät, und die Mailbox war bereits angesprungen. Er wartete, bis die Aufzeichnung beendet war, und die Mailbox ihm eine SMS sendete, die ihm sagte, was er eh schon wusste. Er hatte eine neue Nachricht.

»Ist alles in Ordnung? Sie sind plötzlich ganz blass geworden.« Kevin Peterson stellte sich an den Schreibtisch und starrte Conor an.

»Wir müssen sofort zur Madison-Villa ... schnell!«

»Hatten wir das nicht eh vor?«, fragte Kevin und lächelte.

»Nein, Sie verstehen das nicht. Fiona ist dort. Sie hat herausgefunden, wo Carrie ist.« Er machte eine Pause. »Und noch viel schlimmer ... sie weiß, wer Kimberly Madison getötet hat.«

KAPITEL 21

»Fiona?«

Die sanfte, beinahe ungläubige Stimme ihrer Cousine war das Erste, was Fiona hörte, als sie ihre Augen aufschlug. Als habe sie stundenlang geschlafen, rieb sie sich darüber und streckte und dehnte ihre Muskeln.

Man hatte sie nicht gerade sanft in dieses Verlies gebracht. Sie musste unzählige blaue Flecken haben, immerhin hatte man sie vom Arbeitszimmer über den Boden im Flur und in der Küche geschleift. Sie hatte versucht, sich den Weg möglichst gut einzuprägen und sich vor allem darauf konzentriert, weder zu blinzeln noch zu schreien, wenn sie mit den Armen und Beinen irgendwo gegen gestoßen war, um sich nicht zu verraten. Von der Küche aus war sie zunächst in eine Art Speisekammer geschoben worden, wo es einen Augenblick gedauert hatte, bis sich etwas getan hatte. Sie hatte sich nicht getraut, die Augen zu öffnen oder auch nur eine Spur zu blinzeln, daher hatte sie nur erahnen können, dass in der Zeit, in der sie auf dem Boden zwischen Kisten, Putzzeug und Besen gelegen hatte, einiges umgeräumt worden war, bevor jemand sie erneut an den Armen gepackt und ein paar Stufen nach unten gezogen hatte.

Die Raumtemperatur um sie herum hatte sich merklich geändert. Wo auch immer sie sich im Moment befand, es war hier deutlich kälter als in den Wohnräumen darüber.

Zunächst tippte sie darauf, dass man sie in den Keller gebracht hatte, doch dazu war der Weg nach unten viel zu steil und zu kurz gewesen.

»Fi?« Carrie stupste sie an, während Fiona versuchte, ihre Augen an die Dunkelheit, die sie umgab, zu gewöhnen.

»Oh Gott, du bist hier! Du bist wirklich hier!« Fiona atmete erleichtert aus und tastete nach Carries Arm. Sie konnte kaum glauben, dass sie mit ihrer Vermutung richtig gelegen hatte. »Du lebst«, schniefte Fiona und sank mit dem Kopf gegen Carries knochige Schulter. Sie spürte, wie sehr die vergangene Woche ihrer Cousine auch körperlich zugesetzt haben musste. Sie konnte es zwar nicht sehen, aber Carrie hatte abgenommen. Deutlich sogar.

»F-fiona«, schluchzte Carrie, vergrub ihr Gesicht in Fionas gut riechenden Haaren, die sie so fest wie sie nur konnte, an sich drückte. »W-was ist denn nur geschehen?«

Fiona löste sich von Carrie und fragte sich, wie viel Wahrheit sie ihrer Cousine in diesem Zustand zumuten konnte. »Ich bin so froh, dass ich dich endlich gefunden habe. Wir haben tagelang nach dir gesucht«, erklärte Fiona und tastete sich langsam vor.

»Tagelang?« Carrie klang geschockt. »W-wie lange bin ich denn schon hier?«

»Eine knappe Woche ... du warst wie vom Erdboden verschluckt.« Fiona richtete sich auf und lehnte sich mit dem Rücken an die steinige Wand. Carrie blieb dicht an ihrer Seite. »Bist du gefesselt?«

»An den Armen und an den Beinen.« Carrie hob zunächst die Arme und Fiona tastete sich vorsichtig vor, bis sie den Kabelbinder, der um Carries Handgelenke gewickelt war, gefunden hatte. »Schaffst du es, eine Hand herauszuziehen, wenn wir die Schlaufe ein wenig weiten? Ich weiß, es könnte wehtun, aber eine andere Möglichkeit haben wir leider nicht.«

Carrie nickte. »Tun wir's«, sagte sie und sog scharf die Luft zwischen ihren Zähnen ein, als Fiona vorsichtig am Kabelbinder zog. Es dauerte eine Weile, doch letzten Endes gelang es ihnen, die Fessel von Carries Handgelenken zu lösen.

»Zum Glück ist es dunkel, so sehe ich wenigstens nicht, welche Blessuren ich davongetragen habe. Die Striemen müssen gewaltig sein«, sagte Carrie und wagte es kaum, ihre befreiten Handgelenke anzufassen.

»Psst. Wir sollten leise miteinander reden. Nicht, dass man uns hört. Niemand darf wissen, dass ich wach bin und dich befreie.« Sie legte den Zeigefinger auf die Lippen, was völliger Blödsinn war, schließlich war es in dem unterirdischen Kartoffelkeller, in dem sie sich offenbar befanden, stockdunkel.

»Hat man dich auch betäubt?«, fragte Carrie, so leise sie konnte, doch es fiel ihr sichtlich schwer, ihre Stimme unter Kontrolle zu halten. Viel zu lange hatte sie nicht mehr mit jemandem gesprochen.

Fiona schüttelte den Kopf. »Ich bin mir sicher, dass etwas in dem Tee gewesen ist, der mir angeboten wurde. Daher habe ich lediglich so getan, als würde ich ihn trinken und das Bewusstsein verlieren. Ich hatte gehofft, dass ich dann in das gleiche Versteck gebracht werde, in dem du bist. Zum Glück habe ich mich nicht geirrt.«

»I-ich verstehe das alles immer noch nicht.« Carrie schluchzte erneut.

Fiona ließ sich Zeit und fragte sich, an was Carrie sich noch erinnern konnte. Es war wichtig, damit sich die Puzzlestücke zusammenfügten. Carrie verstand und schilderte ihre Erinnerungen, die in den vergangenen Stunden immer klarer geworden waren.

»Aus dem Nichts tauchte hinter dem Mann plötzlich eine Gestalt auf, die ihn niedergeschlagen hat«, erzählte Carrie mit ruhiger Stimme, als sie von ihrer Begegnung mit Jeremy Jones erzählte.

»Konntest du erkennen, wer es war? War es ein Mann?«, hakte Fiona nach, doch Carrie schüttelte den Kopf.

»Ich konnte das Gesicht nicht sehen, und es ging alles so schnell, aber der Statur nach zu urteilen, muss es eine Frau gewesen sein.«

»Maggie Hamilton«, meinte Fiona und klang bitter.

»Wer?«

»Die Haushälterin. Ich bin mir sicher, dass sie es war, die Kimberly bei ihrem Vorhaben, dich aus dem Weg zu räumen, unterstützt hat.« Fiona fühlte sich in ihrem Verdacht bestätigt. Die Unmengen an Essen, die Maggie vor Kurzem zubereitet hatte, waren ihr aus irgendeinem Grund sofort verdächtig vorgekommen. Zumal sie keine großen Portionen in die Schüsseln gefüllt, sondern immer kleinere Mengen beiseitegestellt hatte. Außerdem war sie in jenem Raum verschwunden, in den Fiona vor wenigen Minuten geschleppt worden war.

»Die Haushälterin?« Carrie stutzte. »Warum hätte sie das tun sollen?«

»Weil sie ebenfalls in Codie verliebt ist.«

»Was?« Jetzt klang Carrie entsetzt. »Ich bin die ganze Zeit davon ausgegangen, dass Kimberly mich hier unten gefangen gehalten hat.«

»Das war leider nicht möglich.« Fiona senkte den Blick.

»Warum nicht?«

»Kimberly ist tot.« Fiona sprach so leise, dass sie sich fragte, ob Carrie sie überhaupt verstanden hatte. Sie wollte auf gar keinen Fall entdeckt werden.

»Kim… i-ist … t-tot?«, wiederholte Carrie stotternd und fasste sich an die Stirn, als müsse sie diese Schocknachricht erst einmal verarbeiten. »W…wie?«

»Soweit wir wissen, hat sie eine Überdosis ihres Herzmedikaments verabreicht bekommen. Während ich bei ihr zum Teetrinken war, ist sie einfach zusammengebrochen und nicht wieder aufgewacht.« Fiona erinnerte sich mit Grauen an jenen Nachmittag vor knapp einer Woche.

»Dabei war sie es doch, die mich aus der Welt schaffen wollte. Da bin ich mir ziemlich sicher.«

»Sie ist dahintergekommen, dass Codie und du … was ist überhaupt in dich gefahren? Carrie, ehrlich, Codie?« Fiona gab dem Drang nach und stupste Carrie gegen die Schulter. Das wollte sie schon seit Tagen machen.

»Unvorstellbar, ich weiß, aber … es ist etwas ganz Besonderes zwischen uns«, antwortete Carrie beinahe entschuldigend. »Tut mir leid, dass ich dir nicht davon erzählt habe.«

»Schon gut. Ich fürchte, wir haben jetzt ganz andere Probleme.« Fiona seufzte und sah in Richtung der Luke, die sich irgendwo über ihren Köpfen befinden musste. Sie war verunsichert, dass sie nicht durch die einzelnen

Schlitze in der Holzluke schauen konnte. Um sicherzugehen, dass niemand den Kartoffelkeller verlassen konnte, musste Maggie Hamilton irgendetwas darüber geschoben haben.

»Die haben wir in der Tat.« Die Verzweiflung kehrte in Carries Stimme zurück, doch Fiona würde nicht zulassen, dass sie hier unten verrotteten.

»Wie geht es Codie?«, fragte Carrie so zaghaft, als fürchtete sie sich vor der Antwort. »Er hat doch nichts mit der ganzen Sache zu tun, oder?«

»Ich glaube nicht, aber ich bin mir nicht sicher. Als ich vorhin ins Haus kam und mit ihm sprechen wollte, lag er schlafend auf der Couch.«

»Schlafend auf der Couch?«, fragte Carrie und runzelte die Stirn. »Er würde sich tagsüber nie hinlegen, dazu ist er viel zu agil. Er ist ständig in Bewegung, als habe er zu viel überschüssige Energie.« Plötzlich verstummte Carrie. »Meinst du ...«

»Du fragst dich, ob ihm etwas zugestoßen ist?«

»Ja.«

Fiona hatte keine Zeit zu antworten, denn im nächsten Moment hörte sie, wie oberhalb der Luke etwas weggeschoben wurde. Für einen kurzen Augenblick fiel etwas Licht durch die Holzbalken, sodass sie erkennen konnte, dass sie sich tatsächlich in einem unterirdischen Kartoffelkeller befanden, doch dann wurde es wieder dunkler.

Maggie Hamilton stieg mit einem Baseballschläger in der Hand die Stufen herunter. Sie wirkte so, als habe sie mit einem Stier gekämpft. Ihre schwarzen Haare standen wild in alle Richtungen ab, von den unheimlichen Zöpfen, die eine Art Markenzeichen von ihr gewesen waren, war nichts mehr übrig.

»Du hältst dich wohl für ganz schlau, was?«, fauchte sie, als sie wegen der niedrigen Stehhöhe in dem Keller halb gebückt auf Fiona zuwankte. »Hast gedacht, du kannst mich täuschen, indem du dich lediglich bewusstlos gestellt hast. Ganz schön clever, *my dear*! Fragt sich nur, wie du mir überhaupt auf die Schliche gekommen bist.«

Es war leichtsinnig von Maggie Hamilton gewesen, Fiona ungefesselt in dieses Loch zu sperren. Sie war sich von Anfang an sicher gewesen, dass Maggie mit dem nötigen Material zurückkehren würde. Daher überraschte es sie nicht, dass diese auf einmal vor ihr stand.

»Deine Augen waren es, die dich verraten haben«, sagte Fiona trocken und bemühte sich, die Ruhe zu bewahren. Es war nicht das erste Mal, dass sie sich in so einer Situation befand, in der sie einem Mörder, oder in diesem Fall einer Mörderin gegenüberstand und um ihr Leben fürchten musste. Um ehrlich zu sein, war es im vergangenen Jahr beinahe zu einer Art Gewohnheit geworden, die ihr zwar immer noch Respekt einflößte, sie aber schon lange nicht mehr schockte, wie sie sich erschreckenderweise eingestehen musste.

»Meine Augen?« Das höhnische Lachen von Maggie Hamilton hallte von den steinernen Mauern, die sie umgaben, wider. »Was sagen denn meine Augen?«

»Sie erzählen mir, dass du dich in Codie Madison verliebt hast.«

»Das ist eine Lüge«, zischte Maggie und umklammerte den Baseballschläger fester.

»Du weißt, dass es das nicht ist. Du hast ihn wie ein verliebter Teenager angeschmachtet und konntest den Blick kaum von ihm abwenden. Als du das gemerkt hast, bekamst du Angst, dass wir dir auf die Schliche kommen könnten, und dann hast du das getan, was alle machen, die fürchten, man könnte entdecken, dass man Gefühle für einen bestimmten Menschen hat. Du hast begonnen, ihn schlecht zu machen. Du hast über ihn und seine Beziehung zu Kimberly hergezogen. Du hast dich über seine Affäre mit Carrie ereifert und bist nicht müde geworden zu betonen, dass du an jenem Montag gar nicht im Haus warst. Und als du dahintergekommen bist, dass ich dir auf die Schliche gekommen bin, hast du mich ins Haus gelockt, um mich ebenfalls auszuschalten.« Fiona verschränkte die Arme vor der Brust und wünschte sich, Conor könnte sie jetzt sehen. *Wo steckte er nur?*

KAPITEL 22

»Die Kollegen müssen etwas übersehen haben!« Conor trat mit voller Wucht gegen die schwere und dicke Eingangstür, die jedoch verschlossen blieb. *Natürlich!* Alles andere wäre ein Wunder gewesen, dachte er. Schließlich war er weder Thor noch Hulk, sondern lediglich Conor Brennan, ein Detective Chief Inspector aus Belfast, ohne jegliche Superkräfte. »Irgendeinen Keller, ein Verlies, eine versteckte Kammer auf dem Dachboden oder hinter einem Bücherregal. Irgendetwas, das auf den ersten Blick nicht zu erkennen ist.« Er ging die Stufen des Eingangsportals hinunter und suchte im Beet nach einem Stein, der groß genug war. Als er fündig geworden war, stellte er sich vor das Seitenfenster am Eingang und holte aus.

»Was machen Sie da?«, fragte Kevin Peterson erschrocken, doch er versuchte nicht, seinen Chef von dessen Vorhaben abzuhalten.

»Wonach sieht es denn aus? Ich schlage die Scheibe ein.« Im nächsten Moment warf Conor den Stein durch die Scheibe, in der kurz darauf ein riesiges Loch klaffte. Er umwickelte seine Faust mit seinem Mantel und vergrößerte das Loch, indem er weiteres Glas herausschlug. »Schon mal was von Gefahr im Verzug gehört?« Er zwinkerte Kevin Peterson zu und stieg als Erster durch die schmale Scheibe, durch die er gerade so hindurch passte und öffnete seinem Kollegen die Tür.

Kaum waren sie im Flur, hörten sie Maggie Hamiltons Stimme, die wie eine Furie schrie.

»Sie macht es uns einfach, wir müssen nur dem Gekeife folgen«, sagte Kevin und hob eine Augenbraue. Conor schmunzelte und folgte ihm.

Sie kamen gerade noch rechtzeitig. In der Abstellkammer hinter der Küche war eine Luke im Boden geöffnet. Eine kurze Treppe führte in ein dunkles Loch hinab, in dem Maggie Hamilton gekrümmt und mit einem Baseballschläger in der Hand stand und gerade zum Schlag ausholte.

Kevin und Conor nutzten das Überraschungsmoment und griffen von beiden Seiten an. Sie ergriffen jeweils einen von Maggies Armen, die so verblüfft von dem Angriff auf sie war, dass sie den Baseballschläger fallen ließ.

»Maggie Hamilton, ich verhafte sie wegen des Mordes an Kimberly Madison und wegen der Geiselnahme von Carrie Fitzgerald und letzten Endes auch Fiona Fitzgerald«, sagte Conor, während Kevin Peterson der erbosten und mittlerweile tobenden Haushälterin die Handschellen anlegte. Erst als Maggie gesichert war, schaute er sich genauer in der Dunkelheit um.

Zu seiner Erleichterung entdeckte er Fiona und Carrie auf dem Boden sitzend.

»Du hast dir aber Zeit gelassen, Brennan«, sagte Fiona und erhob sich. Bei seinem Anblick huschte ein Lächeln über ihre Lippen, aber vor allem spürte sie große Erlcichterung darüber, dass der Spuk endlich vorbei war. Conor küsste Fiona beinahe überschwänglich, so gut tat es, sie wohlbehalten wiederzusehen.

»Carrie, wie geht's dir?« Conor wandte sich nun an Carrie, die ebenfalls versucht hatte, auf die Beine zu

kommen, aber einfach zu schwach war, um stehenzu-
bleiben. Sie sackte immer wieder in sich zusammen.

»Ich habe kaum ein Gefühl in meinen Beinen, aber ich
bin am Leben. Das ist die Hauptsache«, antwortete Carrie.

Conor wusste, dass es noch Wochen, vielleicht sogar
Monate dauern würde, bis Carrie das Trauma der Entführung überwunden hatte. Aber er wusste auch, dass
sie eine starke Persönlichkeit war, und war sich sicher,
dass sie die Situation meistern würde.

»Warte ich helfe dir, der Rettungswagen wird gleich
da sein.« Conor löste sich von Fiona, nachdem er sich
vergewissert hatte, dass es ihr gutging und schob seine
Arme unter Carries Achseln, um sie die wenigen Stufen
nach oben zu tragen. Fiona folgte ihnen.

Wegen des grellen Lichts in der Abstellkammer kniff
Carrie die Augen zusammen. »Gott, ich bin gar kein
Licht mehr gewohnt. Das tut richtig weh«, sagte sie und
schloss die Augen nun ganz.

»Es dauert eine Weile, bis sich die Augen wieder daran gewöhnt haben. Lass sie einfach geschlossen, wenn
dir das weniger Schmerzen bereitet.« Conor setzte Carrie auf einer der Kisten ab.

Als Kevin Peterson mit Maggie Hamilton am Arm aus
dem Loch trat und sie an Carrie vorbeiführte, schenkte
Maggie ihrer ehemaligen Geisel einen herablassenden
Blick.

»Miststück«, raunzte Carrie in ihre Richtung, doch Fiona schaffte es, sie zu beruhigen.

»Ja, das ist sie. Aber es bringt nichts, wenn du dich mit
ihr anlegst. Straf sie lieber mit Missachtung.«

»Tz.« Carries Atmung beruhigte sich allmählich und auch Fionas Puls normalisierte sich. Sie wusste, dass sie hoch gepokert und sich erneut in Gefahr begeben hatte, und rechnete jeden Moment mit einer Standpauke von Conor.

»Wo ist eigentlich Codie?«, fragte Carrie. »Habt ihr nach ihm gesehen?«

Conor zuckte mit den Achseln. »War er im Haus? Wir haben ihn nicht gesehen, und auf unser Klingeln vorhin hat niemand reagiert«, sagte Conor, wohlwissend, dass er gar nicht geklingelt hatte, um ins Haus zu kommen.

»Als ich hierherkam, lag er im Arbeitszimmer direkt neben der Küche. Er hat geschlafen oder war zumindest ausgeknockt. Vielleicht sollte mal jemand nach ihm sehen?« Fiona war besorgt. Hoffentlich hatte er tatsächlich nur geschlafen, wobei sie sich fragte, warum er dann von dem Tumult, der um ihn herum herrschte, nichts mitbekommen hatte. Es beschlich sie ein merkwürdiges Gefühl, das sie nicht näher definieren konnte. Was, wenn Codie doch mit Maggie unter einer Decke gesteckt hatte? Oder viel schlimmer: Wenn sie ihm etwas angetan hatte?

Conor sah die Sorge in Fionas Blick, drehte den beiden Frauen den Rücken zu und lief hastig durch die Küche zum Arbeitszimmer.

»Codie?«, rief er, bevor er die Tür öffnete und ins Zimmer stürmte. »Was zum Teufel ...?«

Conor sah sich in dem Raum um. Es sah aus, als habe hier ein heftiger Kampf stattgefunden. Die Lampe auf dem Schreibtisch war zersprungen, der kleine Holztisch neben der Couch war zerschmettert, als hätte jemand mit einem Baseballschläger darauf eingedroschen. Er konnte sich kaum vorstellen, dass eine zierliche Person wie Maggie Hamilton solche Kräfte entwickeln konnte.

Conor kratzte sich am Nacken, als er hinter sich Schritte hörte. Er wirbelte herum und sah Fiona, die sich mit letzter Kraft in den Flur geschleppt hatte und nun im Türrahmen gelehnt dastand. Das alles hatte sie doch um einiges mehr mitgenommen, als sie zuerst angenommen hatte. Der Raum um sie herum schwankte gefährlich, und sie bemerkte, wie die Aufregung langsam aus ihrem Körper wich.

»Fi, ich hab doch gesagt, dass du warten sollst, bis die Rettungssanitäter da sind«, schimpfte er sanft mit ihr und schloss sie fest in seine Arme. »Ich hab verdammt große Angst um dich gehabt, weißt du das?«

Sie nickte und lehnte sich an seine Schulter. »Wo ist Codie?«

»Ich weiß es nicht. Sieht aus, als sei er geflüchtet. Maggie Hamilton muss hier furchtbar getobt haben. Oder ...«

» ... oder Codie hat hier getobt, als er aufgewacht ist. Das würde auch erklären, warum Maggie auf einmal so anders aussah. Ihre Haare waren ganz zerzaust, als sie zu uns in den Kartoffelkeller kam. Als sei sie von einem Dämon oder dem Teufel persönlich besessen.«

»Hast du gecheckt, ob sie das Kreuz noch trug? Nicht, dass sie tatsächlich der Teufel geritten hat«, sagte Conor und musste unwillkürlich schmunzeln.

»Du hattest recht«, sagte Fiona und gähnte, während am Eingang zum Haus die Stimmen der Sanitäter zu hören waren.

»Womit?« Conor stutzte. Hatte er etwas verpasst?

»Damit, dass unerwiderte Liebe der Grund für Kimberlys Tod war. Maggie Hamilton hat sich zunächst mit Kimberly verbündet, um Carrie aus dem Weg zu räumen, und hat dann Kimberly mit ihren Medikamenten vergiftet.«

»Bist du dir sicher? Ich meine, Codie ist immer noch flüchtig, und seine Unschuld ...«

»... ist noch nicht endgültig bewiesen«, fiel Kevin Peterson Conor ins Wort. »Obwohl Maggie Hamilton die Taten gestanden hat. Aber sie würde aus Liebe zu Codie wahrscheinlich alles gestehen, um ihn zu schützen.«

»Hm.«

»Die Koffer!« Fiona löste sich aus Conors Umarmung und schleppte sich an Carrie und den Sanitätern vorbei den Flur entlang.

Conor und Kevin folgten ihr. »Was für Koffer?«

Fiona wirbelte umher und deutete auf den Platz, an dem die Koffer gestanden hatten, als sie die Villa betreten hatte. »Hier standen Koffer. Maggie hat mir erzählt, dass Codie eine Reise geplant hatte, diese aber wohl nicht antreten würde, da Carrie verschwunden und Kimberly ermordet worden war«, erklärte Fiona, während Kevin an ihnen vorbei aus der Tür hastete und wenig später ein wenig außer Atem zurückkehrte.

»Offenbar hat er es sich anders überlegt. Sein Wagen ist ebenfalls verschwunden.«

»Haben wir sein Kennzeichen?«, fragte Conor mit ernster Miene. *Nahm dieser Fall denn nie ein Ende?*

»Ich leite sofort die Fahndung ein.« Mit diesen Worten verschwand Kevin erneut aus dem Haus.

Conor wandte sich an Fiona. »Du solltest dich ebenfalls untersuchen lassen.« Seine Augen funkelten sie an. »Das ist keine Bitte«, sagte er mit Nachdruck. Er wusste, dass Fiona dazu neigte, es zu ignorieren, wenn es ihr nicht gutging. Doch das würde er dieses Mal nicht zulassen. Ihre Gesundheit lag ihm am Herzen. *Sie* lag ihm am Herzen. Er hob eine Hand und strich ihr damit zärtlich über die Wange.

»Na gut«, willigte Fiona ein. Conor führte sie zum Rettungswagen, wo bereits Carrie versorgt wurde. Sie hatte wirklich heftige Einschnitte an ihren Hand- und Fußgelenken erlitten. Außerdem war sie leicht dehydriert und erschöpft.

»Sie werden wohl oder übel ein paar Tage im Krankenhaus verbringen müssen«, sagte einer der Sanitäter, während er Carrie einen Zugang für einen Tropf legte.

»Solange ich wieder gesund werde, ist mir alles recht.« Carrie lehnte sich auf der Liege zurück und schloss die Augen. Die Erleichterung darüber, dass alles ein gutes Ende genommen hatte, war ihr ins Gesicht geschrieben.

»Brennan?« Kevin Peterson kam auf ihn zugeeilt. »Wir haben seinen Wagen gefunden. Er ist auf dem Weg zum Flughafen.«

»Dann nichts wie los.« Conor verabschiedete sich von Carrie und den Sanitätern, während hinzugerufene Kollegen sich um Maggie Hamilton kümmerten, und drückte Fiona einen Kuss auf die Stirn. »Sag mir, ob sie dich auch im Krankenhaus behalten, oder ob ich dich abholen soll. Ich liebe dich«, flüsterte er und machte sich auf den Weg.

KAPITEL 23

Fiona lag im Bett gegenüber von Carrie und sah aus dem Fenster. Draußen hatte es angefangen, zu schneien, was so ungewöhnlich für Nordirland war, dass sie sich wunderte, dass es in den Nachrichten nicht schon Sondersendungen deswegen gegeben hatte. Es waren kleine zarte Schneeflocken, die vom Himmel fielen und nicht große dicke, wie man sie aus dem Fernsehen kannte. Zuletzt hatte es an Weihnachten vor sieben Jahren in Belfast geschneit. Sie erinnerte sich daran, wie sie auf dem Weg zu Uni gewesen war, als auf ihrem schwarzen Handschuh auf einmal eine kleine, weiße Schneeflocke gelandet war, die ebenso zart und zerbrechlich gewesen war, wie die, die jetzt vor ihrem Fenster herumtanzten. Wie gerne würde sie Carrie jetzt erzählen, dass es in Belfast tatsächlich schneite, doch sie ließ sie lieber in Ruhe schlafen.

Carrie hatte seit ihrer Einlieferung vor drei Stunden nahezu durchgehend geschlafen, während Fiona kein Auge zu tun konnte. Die Ereignisse der vergangenen Tage und Stunden gingen ihr einfach nicht aus dem Kopf. Noch nie in ihrem Leben hatte sie solch eine Angst um einen Menschen gehabt, wie um Carrie.

Es klopfte an der Tür, und Conor kam herein.

»Hi«, sagte er leise und setzte sich zu Fiona ans Bett. »Wie geht es dir?«

»Gut, die Ärzte lassen mich heute Nacht zur Beobachtung da. Ich habe eine leichte Gehirnerschütterung, da ich mit dem Kopf aufgeschlagen bin. Außerdem ein paar blaue Flecken. Aber mit Glück darf ich morgen schon wieder nach Hause.«

»Das sind gute Nachrichten.« Conor lächelte und küsste ihren Handrücken. »Und Carrie?« Er sah sich um und betrachtete Carrie, die tief und fest in ihrem Bett schlief.

»Sie bekommt Elektrolyte und hat ein Schmerzmittel verabreicht bekommen. Außerdem hat sie tiefe Einschnitte von den Kabelbindern, mit denen sie gefesselt war. Sie wird wohl noch die Woche über hierbleiben müssen. Aber die Hauptsache ist, dass wir sie gefunden haben, und es ihr gut geht.« Fiona lächelte erleichtert und lehnte sich ans Kopfteil ihres Bettes. Sie war so unfassbar müde. Was würde sie dafür geben, jetzt auch schlafen zu können?

»Apropos finden«, sagte Conor und lächelte. »Wir haben Codie gefunden. Er war tatsächlich auf dem Weg zum Flughafen. Allerdings war er noch ziemlich benebelt, als wir ihn aufgegriffen haben.«

»Benebelt?«

»Er liegt zur Beobachtung hier nur ein paar Zimmer weiter. Maggie hatte ihm offenbar auch K.O.-Tropfen verabreicht, um ihn so unbemerkt ins Auto zu bekommen. Sie musste wohl die Hoffnung gehabt haben, dass er mit ihr auf die Reise gehen würde, die er eigentlich mit Carrie geplant hatte. Doch die Dosierung war wohl zu niedrig und als er aufwachte, kam es zum Streit und letztendlich zum Kampf.«

»Warum ist er geflohen?«

»Er sagte, Maggie sei im Gerangel zu Boden gegangen, woraufhin er panisch die Flucht ergriffen hatte.«

»Zum Flughafen?«

»Nein. Er hatte wohl nicht die Absicht zu fliegen, sondern wollte wohl einfach nur weg. Wir haben keinerlei

Beweise dafür, dass Codie an dem Mord beteiligt war.«
Conor ergriff Fionas Hand. »Ich wollte nur kurz nach
dir sehen, denn ich muss leider gleich wieder zum Verhör aufs Revier. Aber ich komme nachher noch mal
vorbei.«

»Das ist lieb von dir.« Fiona war erleichtert, dass Codie nichts mit dem Tod seiner Frau zu tun hatte. Auch
wenn es viele Indizien gab, die dagegensprachen.

»Codie hat nach Carrie gefragt. Sobald er seinen K.O.-
Tropfen-Rausch ausgeschlafen hat, wird er bestimmt
hier auftauchen. Er scheint sie wirklich zu lieben.« Conor zwinkerte Fiona zu, öffnete die Tür und ging.

Es dauerte in der Tat nicht lange, bis Codie, immer
noch leicht torkelnd und mit verklärtem Blick, in Fionas und Carries Zimmer auftauchte.

»Schrecklich ist, dass ich mich an kaum etwas erinnern kann, was kurz davor passiert ist. Ich war komplett weggetreten und weiß nur noch, dass sie mir einen Earl Grey serviert hat. Dann wurde es plötzlich
dunkel«, erzählte Codie und schüttelte sich heftig.

»Einen Earl Grey mit Schuss.« Fiona konnte sich den
Kommentar nicht verkneifen und hoffte, Codie würde
ihr diesen Spruch nicht übel nehmen. Einen Moment
lang stutzte er und hob skeptisch eine Augenbraue,
doch dann sah er sie voller Dankbarkeit an.

»Ohne dich wäre Carrie wahrscheinlich verloren gewesen. Zum Glück hast du deinem Freund noch eine
Nachricht hinterlassen, damit er wusste, wo du gesteckt hast. Kaum auszudenken, wie alles geendet
hätte, wenn Maggies teuflischer Plan aufgegangen
wäre«, sagte er ernst und nachdenklich.

»Wir haben Glück gehabt«, spielte Fiona ihren Einsatz hinunter. Sie hatte nur getan, was sie für richtig gehalten hatte, um Carrie zu retten.

»Hat Carrie dir etwas davon erzählt, wie es für sie da unten im Keller war? Sie muss furchtbare Angst gehabt haben.« Codie sah besorgt zur schlafenden Carrie hinüber. »Es ist mir unerklärlich, dass ich von diesem Raum nichts gewusst habe. Sie war die ganze Zeit in meinem Haus, und ich habe nichts davon mitbekommen.« Er schüttelte den Kopf.

»Das liegt wohl daran, dass du dich nur selten in Abstellkammern aufhältst«, sagte Fiona und zwinkerte.

»Wie bist *du* eigentlich darauf gekommen, dass es so einen Keller geben könnte?« Er sah sie an und in seinen Augen spiegelten sich immer noch die Wut, Trauer und Verzweiflung der vergangenen Tage wider.

»Conor und Kevin haben erzählt, dass die Polizei das gesamte Haus auf den Kopf gestellt, aber nichts gefunden hatte. Ich war mir aber ziemlich sicher, dass Carrie noch im Haus war. Daher gab es nur eine Möglichkeit: Sie musste in einem versteckten Raum, den niemand auf der Rechnung hatte, untergebracht sein. Als ich neulich mit Maggie in der Küche war, verschwand sie mit Unmengen an kleinen Lebensmittelportionen im Abstellraum. Ich wusste nicht, dass es dort einen Kartoffelkeller gibt, aber gehofft hatte ich es.«

»Hm … danke«, wiederholte er und lächelte, während sich Carrie im Bett hinter ihm rekelte.

»Autsch, verdammt, mir tut wirklich alles weh«, schimpfte sie, als sie versuchte, sich aufzurichten. »Codie.« Ein Lächeln huschte über ihre Lippen, als sie Codie in der Mitte des Raumes entdeckte.

Fiona schwang ihre Beine aus dem Bett, schlüpfte in ihre Schuhe und verabschiedete sich auf den Gang. Sie wusste, dass das der Moment war, an dem sie die beiden allein lassen musste.

KAPITEL 24

Maggie Hamilton lehnte sich in ihrem Stuhl zurück, kaute provozierend einen Kaugummi und wirkte überhaupt nicht mehr so fromm, wie sie sich all die Tage zuvor gegeben hatte. Ihre Haare standen immer noch wirr vom Kopf ab, und sie wirkte nun viel weniger wie die Tochter der Addams Family, sondern eher wie eine billige Kopie von Cruella de Vil.

Sie hatte gestanden, dass sie mit Kimberly zunächst die Entführung von Carrie geplant hatte, doch Kimberly hatte ihr im letzten Moment das Vertrauen entzogen, als sie bemerkt hatte, dass auch Maggie Gefühle für Codie hatte. Daher hatte Kimberly schließlich Jeremy Jones mit ins Boot geholt, doch als dieser kalte Füße bekommen hatte, war Maggie als Verbündete wieder willkommen gewesen. Nichtahnend, dass Maggie ihren Tod längst geplant hatte.

Maggie hatte gestanden, Kimberly bereits über einen längeren Zeitraum erhöhte Mengen an Kalium verabreicht zu haben. Sie hatte es ihr unter das Essen und in die Getränke gemischt. Doch an dem Tag, an dem Kimberly sie von sich gestoßen hatte, hatte sie ihre Chance kommen sehen und mehrere von Kimberlys Herztabletten in ihrem Tee aufgelöst.

»Der Rest ist Geschichte«, sagte Maggie flapsig und formte mit ihrem Kaugummi eine Blase, die mit einem lauten Knall zerplatzte.

»Was ich mich frage«, begann Conor und ließ sich nicht aus der Ruhe bringen. »Warum haben Sie Carrie gefangen gehalten, aber nicht getötet? Mir wurde zugetragen, dass Sie sie sogar ausgesprochen gut versorgt haben.«

»Ich hätte sie verhungern lassen können, meinen Sie?« Maggie verschränkte die Arme vor der Brust und beugte sich weit über den Tisch. »Das stimmt, das hätte ich tun können. Aber was hätte es mir gebracht?«

»Was hat es Ihnen jetzt gebracht?«, meinte Kevin Peterson, der dem Verhör ebenfalls beiwohnte.

Maggie zuckte mit den Schultern. Sie hatte partout keinen Anwalt bei dem Verhör dabeihaben wollen, noch etwas, das Conor nicht nachvollziehen konnte. Diese Frau handelte durch und durch widersprüchlich.

»Ich hätte dieser Carrie nichts getan. Okay, ich habe sie gefangen gehalten, das war nicht richtig, aber ich hätte sie nicht getötet.«

»Aber warum nicht?« Conor blieb hartnäckig. Mithilfe von Fiona und Kevin Peterson war es ihm gelungen, den Fall zu lösen. Die Mörderin und Entführerin war gefunden. Normalerweise hätte er die Akte schließen und an die Staatsanwaltschaft übergeben können, aber es wurmte ihn, dass er mit Blick auf Carries Entführung nicht weiterkam.

»Es gehörte nicht zu meinem Plan«, sagte sie lapidar und mauerte weiter.

»Was beinhaltete ihr Plan denn dann?«

Maggie Hamilton seufzte und verdrehte Augen. Wenn Conor die Zeichen richtig deutete, war sie kurz davor, auszuflippen.

»Herrgott noch mal, mein Ziel war es, mit Codie zusammen zu sein. Ich wollte ihn für mich allein haben. Punkt aus! Wenn ich mit Codie erst einmal diese Reise angetreten hätte, hätte ich ganz bestimmt dafür gesorgt, dass man Carrie findet. Codie hätte einen Abschiedsbrief geschrieben, dass er nach Kimberlys Tod nicht länger in Belfast hätte leben wollen, und alle wären glücklich gewesen. Er hätte sich schon mit mir abgefunden«, sagte Maggie überzeugt. »Ich hätte die Luke aufgelassen, sodass Carrie allein hätte herauskommen können. Ich hätte ausreichend Essen in Vorratsdosen bereitgestellt, sodass sie nicht verhungert wäre. Wer weiß, vielleicht hätte ich sogar der Polizei einen Tipp gegeben. Aber ihre dumme Freundin musste ja dazwischenfunken. Sie hat alles verdorben. Meine Zukunft verdorben.«

Conor zuckte zusammen, als er erkannte, dass Maggie vermutlich in mancher Hinsicht einfach nicht zurechnungsfähig war. Sie hatte wohl schon seit Langem in einer von ihr erschaffenen Märchenwelt gelebt, in der sie gemeinsam mit Codie auf einer einsamen Insel lebte.

»Zum Glück ist meine Freundin so spitzfindig gewesen und hat Ihnen genauer auf den Zahn gefühlt. Ich hatte gehofft, dass sie das tun würde. Und, was soll ich sagen? Es ist uns gelungen. Ansonsten wären bestimmt noch mehr Menschen unglücklich gewesen.« Conor schob seinen Stuhl zurück und stand auf. »Das Verhör ist beendet. Ich habe keine weiteren Fragen mehr.«

Er verließ den Raum und fühlte eine Mischung aus Genugtuung und Ernüchterung in sich. Wieder einmal hatte das Leben ihm gezeigt, wozu es fähig war. Wie dicht Freud und Leid beieinanderlagen, und wie gefährlich Eifersucht und Neid sein konnten. Er hatte schon so viele Leben gesehen, die durch diese beiden

Dinge zerstört worden waren. Er hoffte, dass sein eigenes davon verschont bleiben würde.

***

Fiona lag auf dem Sofa, wie sie es immer tat, seit sie vor ein paar Tagen aus dem Krankenhaus entlassen worden war, und er abends vom Revier nach Hause kam. Er hatte sich bereits so sehr an ihre Anwesenheit gewöhnt, dass er sich nicht vorstellen konnte, dass es jemals wieder anders sein würde.

Die Ereignisse der vergangenen Wochen hatten sie dazu gebracht, dass sie seit Silvester nicht mehr über ihre Pläne zusammenzuziehen gesprochen hatten. Es war keine böse Absicht von ihm gewesen, dass er es nicht mehr erwähnt hatte, es hatte sich einfach nur nicht ergeben. Er wollte ihr schon so lange etwas sagen und ihr reinen Wein einschenken, doch in den entscheidenden Momenten hatte er gekniffen. Jetzt hatte er ein schlechtes Gewissen, das beinahe unaufhörlich an ihm nagte.

Er hatte Fiona vernachlässigt und war zu wenig auf ihre Bedürfnisse eingegangen. Er hoffte, dass sie sich in all der Zeit, in der er mit Carries Fall beschäftigt gewesen war, nicht zu einsam gefühlt hatte.

Fiona hatte ihm immer wieder versichert, dass dies nicht der Fall gewesen war und dass sie sich gut aufgehoben gefühlt hatte. Sie war dankbar dafür gewesen, dass er sie entgegen aller Vernunft und am Rande des Erlaubten in die Ermittlungen mit eingebunden hatte. Noch dankbarer war sie gewesen, dass Kevin Peterson dichtgehalten und das Ganze akzeptiert hatte. Er war es ebenso und wusste, dass er wohl ewig in Kevins Schuld stehen würde, auch wenn dieser ihm versichert hatte, diese niemals einzufordern.

Er stand im Türrahmen und beobachtete, wie Fiona unter die dicke Wolldecke gekuschelt dalag und auf den Fernseher schaute. Es lief eine ihrer Lieblingskrimiserien, und Conor kannte sie gut genug, um zu wissen, dass sie bereits im Kopf die Ermittlungen aufgenommen hatte. Sie war eine gute Hobbydetektivin mit einer hervorragenden Spürnase, und aus ihr wäre bestimmt eine gute Polizistin geworden. Doch er wusste, dass er sie nicht noch einmal in Gefahr bringen durfte. Es war leichtsinnig gewesen. Er mochte sich kaum vorstellen, was gewesen wäre, wenn die Sache schiefgelaufen wäre. Nein, er würde ihr ein für alle Mal klarmachen, dass es so nicht weitergehen konnte, und sie würde sich daran halten müssen. Komme, was da wolle.

»Wie lange möchtest du denn noch dastehen und mir beim rumgammeln zuschauen?« Fiona rekelte sich verführerisch auf der Couch und sah ihn über die Schulter hinweg an.

»Ich sehe dir eben gern zu, besonders, wenn du nichts davon mitbekommst.« Er löste sich vom Türrahmen und ging zur Couch hinüber, wo er sich neben sie setzte.

»Du siehst mir vor allem dann gerne zu, wenn du über etwas nachdenkst. Also ... was liegt dir auf dem Herzen?«

Conor umfasste ihre Hand und sah in ihre tiefgrünen Augen. Es war wahnsinnig, wie sehr sich ihre Augenfarbe mit dem Lichteinfall änderte. Mal waren sie beinahe hellgrün, nur um im nächsten Moment wieder wie kräftiges Moos zu leuchten.

»Ich muss mit dir reden, Fi«, sagte er mit belegter Stimme. »Das hätte ich schon längst machen sollen.«

KAPITEL 25

Fiona runzelte die Stirn, als könne sie ihm nicht ganz folgen.

»Du klingst so ernst. Ist etwas passiert?« Vor Schreck weiteten sich ihre Augen und für einen Augenblick hatte sie das Gefühl, keine Luft mehr zu bekommen. Sie kannte Conor und wusste daher, dass er diesen Tonfall nur dann bekam, wenn wirklich etwas Wichtiges vorgefallen war.

»Fi, ich wollte es dir schon an Silvester sagen. Es geht um … uns.« Er seufzte, als würde er ihr eine schlimme Sache verheimlichen.

Oh mein Gott, schoss es Fiona durch den Kopf, er macht mit mir Schluss!

»Okay«, sagte sie leise und traute sich nicht, ihn anzusehen. Ihr Blick haftete stattdessen auf seinem Zeigefinger, mit dem er sanft über Fionas Handrücken strich. *Würde er so agieren, wenn er beabsichtigte, sie zum Mond zu schießen?*

»Es ist so«, machte er einen Anfang und holte tief Luft. »Du weißt ja, dass ich vor Kurzem erst zum DCI befördert worden bin. Das ist wirklich eine tolle Chance für mich, gerade hier in Belfast.«

»Verstehe ich absolut«, pflichtete ihm Fiona bei. Dass er jetzt Detective Chief Inspector war, machte sie ebenso stolz, wie ihn.

»Allerdings erfordert dieser Job, dass ich hier in Belfast bin. Er lässt sich nicht mit unseren Plänen vereinbaren, zusammenzuziehen. Zumindest nicht in Portrush, und da ich niemals von dir verlangen würde, deine Manufaktur, deine ganze Existenz aufzugeben, habe ich eine Entscheidung getroffen.« Er seufzte so tief, dass Fiona Angst und bange wurde. Am liebsten hätte sie sich die Ohren zugehalten, denn sie wollte die Nachrichten, die Conor gleich verkündete auf keinen Fall hören. Nicht jetzt!

»Babe, ich ... habe meinen Job hier in Belfast zum Frühjahr gekündigt und um meine Versetzung gebeten. Ich möchte mit dir zusammenleben, denn ich möchte keine Sekunde mehr ohne dich sein. Mir ist klar geworden, dass dies nur an einem Ort geht ... bei dir in Portrush.« Er hob ihr Kinn und sah ihr fest in die Augen.

Fiona erwiderte seinen Blick und fragte sich, ob sie ihn richtig verstanden hatte. Hatte er ihr eben wirklich gesagt, dass er sich nach Portrush versetzen lassen wollte? Ihretwegen? Ihr Herz begann auf einmal wie wild zu rasen. Warum hatte er darum nur so einen Aufstand gemacht?

»Hast du mir überhaupt zugehört?« Er lächelte und streichelte ihr sanft über das lockige Haar.

Fiona nickte und grinste dümmlich.

»Ich dachte schon, du wolltest mit mir Schluss machen«, antwortete sie.

»Ich? Dich verlassen? Niemals.« Er schüttelte heftig den Kopf, als wolle er damit unterstreichen, dass ihm nichts mehr widerstrebte, als Fiona den Laufpass zu geben. »Eine Bedingung oder Bitte habe ich aber, und dieses Mal ist es mir sehr ernst damit.« Mahnend, wie ein Oberlehrer, hob er den Zeigefinger.

»Okay.«

»Es wird künftig keine Ermittlungen mehr geben, in die du dein hübsches Näschen steckst. Ich möchte dich nicht verlieren. Dieser Fall hat mir wieder einmal gezeigt, wie schnell dir etwas passieren kann. Ich möchte in Zukunft nicht mehr so leichtsinnig sein und dich wirklich bitten, meinen Wunsch dieses Mal zu respektieren. Wenn du unbedingt in Krimis abtauchen möchtest, dann beginne doch selbst welche zu schreiben.«

»Du meinst, ich soll Kriminalromane schreiben?« Sie sah ihn überrascht an. Nicht, dass ihr diese Idee nicht auch schon mal gekommen wäre, aber sie hatte sie aus Zeitmangel immer wieder beiseitegeschoben. Doch wer weiß, vielleicht ließe sich das nun doch realisieren.

»Ausreichend Stoff hast du doch dafür, und in deiner Fantasie kannst du alles noch ein wenig ausschmücken, dramatischer werden lassen oder noch mehr Verbrechen einbauen. Ich glaube, du wärst eine tolle Krimiautorin.«

»Eine neue Agatha Christie, meinst du?«

Conor nickte.

»Ich werde darüber nachdenken«, sagte sie und lehnte sich an seine starke Schulter. »Ich wollte dir übrigens auch noch etwas sagen.«

»Ach ja?« Er hörte ihr aufmerksam zu. »Was denn?«

»Ich wollte dir sagen, dass ich mich künftig aus deinen Ermittlungen heraushalten und diesen Job den Profis überlassen werde. Denn wir sollten nicht mehr Aufregung als nötig ausgesetzt sein.« Sie lächelte ihn vielsagend an.

»Wir?«

Fiona löste sich aus seiner Umarmung, nahm seine Hand und ließ sie langsam an ihrem Körper hinab zu ihrem Bauch gleiten.

»Ich denke, unser Leben wird in Zukunft aufregend genug werden, oder meinst du nicht?« Sie zwinkerte ihm zu und wartete, bis sich auf seinem überraschten Gesicht ein breites Grinsen ausgebreitet hatte.

EPILOG

Portrush war im Frühling schon immer ein ganz besonderer Ort gewesen. Irgendwann Ende März, im Übergang zwischen Winter und Frühjahr, veränderte sich der Duft des Meeres, wurde intensiver und zog durch die Straßen der nordirischen Kleinstadt an der Atlantikküste. Es war die Zeit, in der sich die Straßen des Städtchens wieder begannen, mit Leben zu füllen. Die Zeit, in der die Ladenbesitzer voller Vorfreude auf die bevorstehende Saison, ihre Geschäfte auf Vordermann brachten, voller Eifer Frühjahrsputz betrieben und sich stets gegenseitig zu übertreffen versuchten.

Fiona hatte in diesem Jahr besonderen Spaß daran, auch wenn Conor ihr verboten hatte, die mit Hunderten über Kopf hängenden Lollis behangene Decke, eigenhändig abzustauben.

»Viel zu gefährlich! Das mache ich in diesem Jahr«, sagte er und stieg bewaffnet mit Staubwedel und Poliertuch auf die Leiter.

»Von mir aus kannst du diesen Job jetzt immer übernehmen«, meinte Fiona und verschwand in der Küche, um sich einer ihrer neuesten Bonbonkreationen zu widmen.

Die Schwangerschaft hatte sie in den ersten Wochen vor besondere Herausforderungen gestellt, die vor allem geschmacklicher Natur gewesen waren, denn über Nacht hatte sie zwischen der siebten und achten Woche eine Aversion gegen Lakritz entwickelt, woraufhin sie die Produktion der beliebten Salty Diamonds, einer Art dänischem Salzlakritz, eingestellt hatte, nur um diese in Woche zehn wieder aufleben zu lassen und stattdessen einen Großteil der Karamell-Fudges aus dem Programm zu schmeißen.

»Was nützt es, wenn mir schon beim Gedanken an Karamell übel wird«, hatte sie sich gegenüber Conor beschwert und sich gefragt, wie lange sie ihre Schwangerschaft wohl noch vor den Kunden würde geheim halten können.

Zum Glück war ihr das Baby dann aber doch wohlgesonnen, oder es hatte schlichtweg eingesehen, dass Nahrungsmittelaversionen in der Schwangerschaft schlecht für das Geschäft waren.

Jetzt war sie Anfang der vierzehnten Woche und ihr ging es so blendend wie lange nicht mehr. Die Übelkeit war vor knapp eineinhalb Wochen endgültig verschwunden und langsam stellte sich auch ihr Appetit wieder ein, was dazu führte, dass es in ihrer Bonbonkocherei nicht nur das gesamte Sortiment wieder zu kaufen gab, sondern sich langsam auch besondere Gelüste einstellten, die teilweise zu eigenwilligen Kreationen führten.

Voller Eifer hatte sie Erdbeer-Basilikum-Toffees kreiert, die sogar bei Conor gut ankamen, obwohl er stets behauptet hatte, eine natürliche Abneigung gegen Basilikum zu haben. Wohingegen Conor damit recht behalten hatte, dass es keine gute Idee gewesen war, Bonbons nach Pizza Hawaii-Art herzustellen.

»Sorry, aber das ist schlichtweg eklig«, hatte er gesagt und frustriert abgewunken.

In der Küche widmete sich Fiona einer ihrer neuesten Kreationen: Pistazien Fudge mit weißer Schokolade, gesalzenen Pistazienstückchen und Himbeercrunch.

Die Idee war ihr heute Morgen unter der Dusche gekommen, nachdem sie bereits zum Frühstück eine halbe Tüte Pistazien verdrückt hatte.

»Übrigens wird Carrie am kommenden Wochenende bei uns vorbeischauen. Kannst du sie am Montag wieder mit zurück nach Belfast nehmen, wenn du fährst?« Sie kam wieder aus der Küche, in der Hand ein paar ihrer giftgrünen Pistazien-Fudges und schob Conor eines davon in den Mund.

Er nickte. »Ja, kann ich. Kommt Codie auch mit?«

»Hoffentlich nicht«, sagte Fiona und meinte es genauso, wie sie es gesagt hatte. Seit der Sache mit Maggie Hamilton hatte sie Codie nur ein einziges Mal wiedergesehen, und zwar auf Carries Geburtstag vor drei Wochen. Er war immer noch nicht ihr Lieblingsmensch, aber er kümmerte sich wirklich rührend um Carrie, und war sogar zu ihr in die kleine Wohnung gezogen, um sie nicht allein zu lassen, aber wohl auch, um selbst nicht allein in dem großen Haus zu sein, das ihm so viel Unheil gebracht hatte. Fiona rechnete es ihm hoch an, dass er die Madison-Villa für einen horrenden Preis zum Verkauf anbot und fragte sich, ob diese das Geld wirklich wert war. Allein bei dem Gedanken daran, ein Haus zu kaufen, in dem ein Mensch ermordet und zwei weitere gefangen gehalten worden waren, ließ ihr das Blut in den Adern gefrieren.

»Wie weit bist du mit deinem Roman?«, fragte Conor, nachdem er auch den zweiten Fudge verdrückt hatte.

Fiona hatte gleich nach ihrer Rückkehr nach Portrush damit begonnen, einen Krimi zu schreiben, doch es gestaltete sich schwieriger als sie zunächst gedacht hatte. Vielleicht war sie doch nicht zum Schreiben geboren, schoss es ihr immer wieder in den Kopf, doch letztlich scheiterte es wohl eher daran, dass sie sich selbst zu viel Druck damit machte.

»Noch nicht so gut. Ich möchte, dass er perfekt wird.«

»Ach, Babe, was im Leben ist schon perfekt? Mal abgesehen von diesem kleinen Bewohner in deinem Bauch.« Er zeigte auf die kleine Wölbung, die sich allmählich unter Fionas Schürze abzeichnete.

Sie lächelte und gab ihm recht. Dieser kleine Mensch war perfekt, und er würde ihr Leben vollkommen machen.